成均
cheng jun

穿越文字
拥抱灵魂

最后的

出口

The Last Way Out

[保加利亚]
卡莉娜·斯蒂芬诺娃 著

舒黎黎 译

百花洲文艺出版社
BAIHUAZHOU LITERATURE AND ART PRESS

图书在版编目（CIP）数据

最后的出口 /（保）卡莉娜·斯蒂芬诺娃著 ; 舒黎黎译 . — 南昌 : 百花洲文艺出版社，2019. 2

ISBN 978-7-5500-3128-9

Ⅰ . ①最… Ⅱ . ①卡… ②舒… Ⅲ . ①儿童小说－中篇小说－保加利亚－现代 Ⅳ . ① I544. 84

中国版本图书馆 CIP 数据核字（2018）第 273811 号

江西省版权局著作权合同登记号：14-2018-0203

出 版 者　百花洲文艺出版社
地　　址　江西南昌市红谷滩世贸路 898 号博能中心一期 A 座 20 楼　邮编：330038
电　　话　0791-86895108（发行热线）　0791-86894790（编辑热线）
网　　址　http://www.bhzwy.com
E-mail　bhzwy0791@163.com

书　　名　最后的出口
作　　者　〔保〕卡莉娜·斯蒂芬诺娃
译　　者　舒黎黎
出 版 人　姚雪雪
出 品 人　肖　恋
特约监制　徐有磊
责任编辑　袁　蓉
特约策划　肖　恋
经　　销　全国新华书店
印　　刷　三河市华润印刷有限公司
开　　本　880mm × 1230mm　1/32
印　　张　5.75
字　　数　60 千字
版　　次　2019 年 2 月第 1 版　2019 年 2 月第 1 次印刷
定　　价　28.00 元
书　　号　ISBN 978-7-5500-3128-9

赣版权登字 05-2018-512

谨以此书献给我的母亲，献给小矮人，

并致以我的感激与敬爱之情。

目录

最后的出口

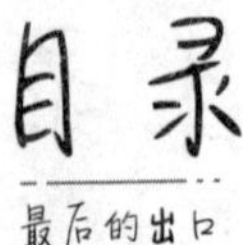

目录

最后的出口

目录

最后的出口

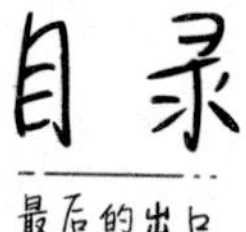

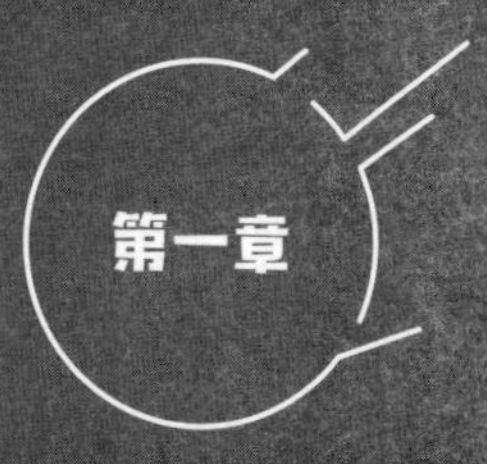

第一章

一个突如其来的想法

这又是一个美妙的秋日黄昏，让人不禁想感激上帝能活着真好。远方的太阳发出柔和的光芒，轻吻着世界以示告别。空气如同自己的肌肤一般——让人不觉一丝凉意，最妙的是，空气中到处弥漫着宁静祥和的气息，独特而醉人。似乎宇宙的无形力量与世间一切能感知到的如此喜悦的有形事物都融为一体，并在瞬间定格，不敢妄动。

如果身在室外却没有感受到这一切，那只能说明：一定是出了什么问题。

安娜就没有感受到这一切。她来法兰克福是为了参加书展，此时，第二天的书展已经结束了，她还在不停地盘算着各种事情，脑子里是一个全然不同的世界。她想着目录、图书、新名字和新面孔、她的小型版权代理公司可能谈成的生意、出版商、估算……脑子里蹦出许多想法，她连忙在一个小本子上记下来，生怕有什么遗漏。她坐在市中心公交站的长凳上，周围的大部分人也刚刚从书展出来，眼中同样充满些许狂热的神情，仿佛脑子里仍然回荡着计算机的声响。

正因为如此，没有人注意到一个黑色皮肤的年轻女人在安娜坐的长凳旁边停了下来，还带了一只毛发光亮的棕色小狗，它静静地待在主人身旁。这个女人显然与出版业毫无关系，因为她神态宁静，很明显在享受着这个怡人黄昏的每一缕气息。而这只狗呢，它的眼睛让人感觉它好像随时会说话。

它并没有说话，而是目不转睛地盯着安娜，从头到脚端详着她、嗅她，甚至一时间——正巧有两辆嘈杂的摩托车呼啸而过——它趁机一下子把前爪放到安娜的长凳上，然后直直地看着她，接着轻轻地，几近无声地“喵喵”叫了几声。

换作其他时候，安娜若是遇到这种奇遇一定会被吸引过去，她会抚摸这只小狗，然后试着让它再喵一次，确定她是不是听错了。然而，此时此刻，她完全没有意识到这件事，还是像原来一样，全身心地沉浸于笔记本上正待解决的“世界”大事。而这只狗等一辆驶近的公交车停下来，便在急匆匆上下车的嘈杂人群中一遍遍地模仿猫的样子。然而，这次仍然没什么效果，没有人注意它，所以它卷起尾巴，难过地坐在安娜旁边的地面上。

第二天的同一时间，安娜又在那个长凳上坐了下来，仍然对周遭的美妙景象无动于衷，只是急匆匆地打开笔记本工作起来。不一会儿，那个黑色皮肤的年轻女人又带着那只狗出现了。这只狗好奇地看了安娜一眼，眼里闪着狡黠的光芒——似乎在暗自发笑。然后它快速地扫视了一下公交车站的其他人，把主人拽向一个拿着虎纹大购物袋的女人，那个袋子几乎快贴到地面了。它一到那里就径直钻到袋子底下，结果被卡住了，只有头伸了出来，正好对着安娜，毛竖了起来，它大声咆哮着，但是不知怎么回事，完全不像狗叫的样子。这次，这个一心沉浸在书展工作中的年轻人终于恩赐地看了它一眼，甚至还笑了一下，但是她仍然在不停地盘算着各种事情，很快又把注意力转回到她腿上的笔记本上了。

第三天，这个公交车站又迎来了暮色降临的时刻，安娜也随之而来，坐到了那个长凳上，还有那个黑色皮肤的女人带着那只狗也来了。这只狗一看到安娜就露出了牙齿，拖着肚皮在地面上做出奇怪的滑行动作，并一直冷冷地看着她。安娜现在看起来平静多了，甚至可以说她差不多回过神来了。书展结束了，她脑子里腾出了一些空间。

正是在这个空间里，一个想法突然冒了出来。

“一只老虎，我看见了，但是一只小猫变成了鲨鱼……这太让我难以理解了！”

毫无疑问，这个想法并不是安娜自己的。安娜在脑子里翻来覆去地想，就像倒带一样，她一直漫无目的地到处看，最后似乎心血来潮地把目光落到了这只狗身上。她觉得——至少有那么短短的一秒钟——这只小狗冲她挤了挤眼，扬起它的眉毛，好像微微笑了一下。安娜仔细地看着它。这只狗开始向她愉快地摇尾巴，迅速把爪子放到她的膝盖上，重复着第一天傍晚的戏码。只是这一次，它一边喵喵叫，一边像猫一样用爪子轻轻地抚弄着安娜。

安娜正想着这只狗怎么可能喵喵叫，她完全无法确定是否真有这么回事！一个新的想法就钻进了她的脑子里。

“今天你是一只小猫，不是吗？”

这次，这个想法应该属于她了，但也应该属于这只狗……

“属于这只狗？！”

这个突如其来的想法在安娜的意识里激起了一阵连锁反应。似乎有一股旋风卷走了所有关于书展的思绪，把它们塞进一个漏斗，搅在一起难以区分，不断盘旋，最后一瞬间把它们抛出了她的大脑。同时，她周围的人、这个公交车站、这座城市……对她来说，似乎一切都只关于这个书展，好像它们的轮廓都变得模糊难辨，就像一个由上百万的微小颗粒组成的不可分割的整体，它们开始颤动，渐渐与一片粉蓝色的天空融为一体。一种难以置信的轻松和宁静的感觉将她包围。落日的柔光照在她的手上，这些天来她第一次注意到这个秋日傍晚的壮丽景象，欢喜地陶醉于它的清新之中。空气中的温度舒适极了，以至于她简直无法区分哪里是空气，哪里是自己的皮肤。一种奇怪的感觉油然而生——她不再受身体的局限，好像跳出了它的外壳，整个人与这个不可思议的美妙黄昏融为一体。

正在这时，安娜的包从腿上滑了下来，她本能地伸出手去拉它，借此她脑子里又浮现出工作的事情来，刚刚轻松愉悦的感觉瞬间消失了，取而代之的是一阵迷惘。安娜意识到书展的事情又悄悄溜进了她的脑子里，但同时她也注意到，这些事情似乎有些淡化了——只剩一点点而已。而且她眼前的世界仍然那样色彩斑斓、美不胜收。坐在她对面的那只狗正欣喜地看着她。如果在一小会儿之前，多小一会儿呢？它确实"喵喵"叫了，那它现在也许是在像猫一样"咕噜咕噜"地叫吧，而且充满了喜悦之情？！

"发生了什么事？持续了多久？"安娜的理智和逻辑性又回来了。

当然了，安娜的小矮人们能准确回答这个问题。这几天他们一直跟她在一起。他们的面孔小巧玲珑、充满稚气——简直就是袖珍版的安娜——他们围绕在她周围，仿佛是一圈隐形的光环。Do正在安娜的肩膀上张开双臂，Re和Mi在她的另一个肩膀上，他们三个有时会抓住安娜的耳环，就像在敞篷车上摇摇摆摆。Fa和Xi正从她的夹克右上方的口袋里往外看，La正从左边的口袋里往外看，So在这个光环的顶端，这是他最喜欢的观测点——绑着马尾辫的发卡上。或者说，他们都在平常待的地方。

然而，安娜似乎完全忘记了他们的存在。她不再是那个刚发现这些小矮人的女孩了，那时她还在纽约上学。而她成为所谓的“从业人员”时间并不长，却像其中的大多数人一样，越来越没有属于自己的时间，也就是属于这些小矮人的时间。不仅仅是时间的问题，因为即使在难得的“空闲”里，她仍然想着工作的事情。她不停地左思右想，为了维持正常的生活标准，她得“争取”些什么。尽管她有国外的证书和学位，但要达到这个目标，她不得不做很多工作才行。这就是她所在国家的情况。反过来说，这也就意味着她要不断地精打细算，以维持收支平衡——这又是一个全世界都熟悉的画面。

这就是为什么她的小矮人们没有生气的原因。但是他们也没有放弃，努力提醒安娜他们的存在——也就是那些深层而真实的本质的存在，这些本质使她成为一个真正的人，而不是一个赚钱机器，不管是赚多还是赚少。那么，既然她又能感受到美了，既然她已经注意到这个不可思议的（也许是吧）“喵喵”叫的狗了，最重要的是，既然她即将明白有些想法无论是有意还是无意都会“不请自来”，那么，小矮人们像他们和她初次“见面”时那样欢呼雀跃起来。但是他们也知道现在不同于从前了。当安娜终于看见他们，并在他们的帮助下重新认识这个世界和她自己的时候是多么美好。此时要解释清楚眼前的事情就难多了，几乎是不可能的。因此他们决定让缪果来做这件事，或者说，至少让他试一试。

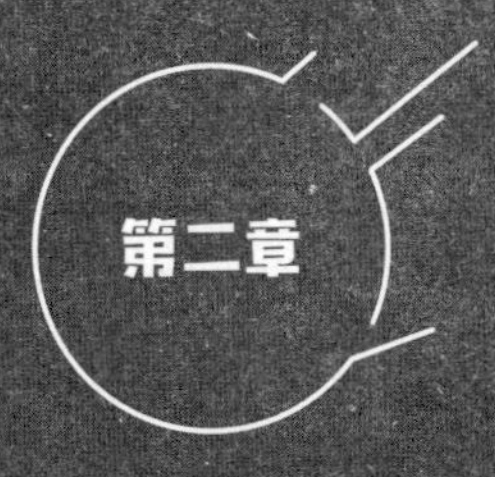

第二章

返回缪果家的途中

安娜并没有忘记昨天的奇遇，但她现在顾不上想这个了。她可不想错过眼前的奇幻景象，哪怕是一秒钟。

飞机正在上升，透过旁边的窗子，她看到地面不断地延伸远去，越来越小。整个世界犹如一只小猫伸开了四肢，它的辽阔壮美一览无余，然后再卷成一团，变成只有巴掌大小。无论安娜多么频繁地坐飞机，每次到飞机升起的时候，她都感觉自己仿佛是在幻梦之中，此时此刻没有什么是不可能的。她几乎等不及飞机飞到平稳，身体的一部分就已经悄悄溜出了窗子，去云端漫步、去山巅轻舞、去平原上欢跳。而她最喜欢的是日出或日落的时刻，地平线会变成一片浩瀚的海洋，这样她就可以跳进橘色和柔粉色的云中，伸出头品味这不可思议的美景，接着再一次又一次地跳进去，直到她快乐得感到眩晕。然后她又从窗子悄悄地溜回飞机上，回到现实中，与其他乘客坐在一起，顿感拥挤。

没有什么比飞机腾空而起时更让她感觉与宇宙是如此亲近的了。整个人都觉得无与伦比地欢喜，她的内心告诉她也许……不，她的内心实际上完全自信地知道：我们本来就可以做到更好；我们身体里有一种从未使用过的、难以置信的力量；我们甚至可能不需要飞机就能到达很远的地方；我们本来是可以做到的——在很久以前的岁月。而如果我们真的极其渴望如此，如果我们完全相信这一点，如果我们不再把时间浪费在毫无意义的事情上，那么不久之后，在不远的将来，我们应该就能再次拥有这种能力……

这种醉人的喜悦不是我们在如今的日常事务中能体会到的。它不是充满紧张的兴奋感，也不是成功时的沾沾自喜。如果说有什么与它有相似之处，那就是健康的感觉，或是坠入爱河的感觉，或者二者兼而有之。当我们爱整个世界的时候，整个世界也会爱我们；当我们脚下有弹簧，我们就可以随时飞翔。

飞机进入一片厚厚的云层，安娜不由得闭上了眼睛，她想多留住一会儿徜徉于窗外美景的神圣感觉，还有她飘浮于宇宙中时那种幸福和谐的感觉，当她再次睁开眼睛时，她首先看到的是笑容满面的小矮人们。他们一直等着她，待在她前面座椅的后背上，他们看起来快乐无比。

我怎么又把他们给忘了？她心想，但是她没时间自责了。刹那间，好奇心把所有其他思绪都关在了门外。

他们让她想起谁了？就是他们此时此刻的样子？！谁呢？

“那只棕色的小狗，没错！就是它快乐地‘咕噜咕噜’的样子！”安娜闪电般找到了答案。然而，奇怪的是，她一点都不惊讶。她现在觉得对她来说昨天发生的事情没有什么不可思议的，而是再平常不过了。不知何故，她就是这样觉得的。然而，她同时感觉在她的内心深处，有一种直觉决断力涌出来，打破了她内心奇妙的宁静感，似乎想打断她没完没了的疑问。不，这次她不会让这事发生了！当然，她会给它机会，但要过一会儿，而不是现在。

和谐就是和谐，因为这无法解释。她很快又恢复了理性。多么古怪的事：当她要努力窥视它时，她得集中全部意志力才行；她按照圣人的教导进行着最难的驯化——驯化我们头脑中的野兽。但一切都是徒劳！现在她干脆不去理它，却做到了，没费一点劲儿！毫无疑问，奇迹确实会在空中发生！

实际上，安娜想到了一个更好的主意来打发飞机上剩余的时间：

“现在来看看我们在来时的路上都写了什么。”她向自己和这些小矮人提议，然后从她的包里拽出了一个黄色的小笔记本。

在去法兰克福的路上，几乎是闹着玩似的，她写了一些东西，就像是一本童话书的开头，她现在的心情正适合继续写下去。安娜喜欢拿着铅笔写，但因为她从来没写完过，过后不久连自己也看不懂了。反过来说，这就意味着她每次再看她写的东西时都不免感到惊讶。因此，安娜开始充满好奇地读自己写的东西。

这个故事的主人公名叫缪果。我知道这个名字听起来很奇怪，尤其对女主人公来说。但在她的国家里人们常常懒得一一列出所有名字，所以就想出了一个妙招。比如，当你问他们："都有谁参加聚会了？"他们会说："嗯，有伊凡、米凡、黛西、麦西……总之，诸如此类。"米凡和麦西并非真的参加聚会了，根本没有，他们甚至并不存在。这些名字是这么来的：他们把一个名字的第一个字换掉了，把一个编造的名字和真的名字放在一起，然后再造几个诸如此类的名字，瞧……最后就有了一大堆人。

所以呢，缪果这个名字实际上是从皮果改编来的，而皮果这个名字来自于一只小猫。因为在这个国家的语言中，皮果的意思是"圆滚滚的"，是指小猫圆滚滚的。

实际上，这个故事的主人公有这样一个奇怪的名字相当正常，因为她是一个十分不同寻常的人物。她不是一个小孩子，也不是一个大孩子，更不是一个小孩儿最年长的姐姐。她不是一只猫，也不是一只老鼠或者其他什么动物。她不是一个公主，也不是一个仙女，她也不是一个外星人。不，都不是！她是一个妈妈，是的，是的，你猜对了，她是一个妈妈！因为妈妈们不只是给孩子们读读书而已，她们有时太喜欢一本书了，甚至会偷偷溜进书里面，变成书中的人物，但是很少是主人公。她们通常没有名字，这让人不太舒服，对吗？她们被称为某某某的妈妈（前面是一个可爱的小男孩或小女孩的名字）。

然而，缪果不仅仅是一个名字很特别的妈妈，她也是全世界、全宇宙最特别的妈妈，至少她的孩子是这样认为的。在这里，我们暂且称其为缪果的孩子吧。这是为了让你明白像那样一辈子都没有名字是否是一件让人愉快的事儿。

为什么缪果的孩子认为并总是声称她是全世界、全宇宙最特别的妈妈呢？

写到这里，到了最难的部分，难怪她不继续写了。接下来要写什么呢？这个开头看起来真像一个纪实童话。缪果就是安娜的妈妈，缪果这个名字也是随意叫起来的，而且缪果本人也确实配得上这个独特的名字。在现实生活中，安娜叫她“有魔力的缪果”。那么如果安娜发现妈妈知道小矮人的事，知道她们收集单片眼镜的事，甚至在她之前就知道那些“无家可归”的小矮人的事，她会叫妈妈什么呢？实际上，安娜相信缪果知道更多秘密，只是不急着把这些秘密告诉她而已。好像在等待某个时机，或者说只是希望她的女儿自己去找到那些秘密的大门，然后和她一起打开这些大门。

安娜记起了她们去波多黎各的旅途。她不仅第一次透过绿色单片镜看东西，而且还在云中看到了其他人的小矮人。这和后来发生的事情仍然让她无法理解，比如说那个粉色的小东西！她可以发誓她亲眼看到了这一切：妈妈的一个小矮人把一个粉色的小东西从外面带回来，猛地塞进她手里，妈妈立即把它扔进嘴里。是真的，不是玩笑！她愉快地眯着眼睛，吞了下去。而仅仅在一秒钟之前，妈妈的小矮人还在雪山般的云海中漫步，手里拿着粉色的小棍子，显然已经吃完了缪果最喜欢的棉花糖！对安娜来说，“飞机下面”发生的事情没什么奇怪的：那些喜欢冬日运动的小矮人，甚至那些好像在厚厚云层中间的一小块蓝天里钓鱼的小矮人……但这些都真实地发生在“那里”、发生在“他们”身上。因为，他们是我们的一部分，有时会将我们的想法付诸实际，不是吗？但是为什么那次却不是这样？是否真的发生了那样的事？！因为，看到你的想法好像在手心变成现实是一回事，脑子里的东西真的跑到你手上，能摸到，甚至可以吃又是另一回事了！

自从安娜“遇到”这些小矮人之后，“不可能”这个词几乎在她的字典里消失了。但是这件事呢？！即使在飞机上，“这件事”似乎也不可能是真的。而安娜的妈妈一如既往地回避这个话题，而且她似乎总能在安娜要问这个的时候岔开话题。

另外，读心术也是缪果的强项。安娜甚至认为妈妈总是知道会有什么事发生——至少是近期内。所以安娜才喜欢问她对这个或那个事情的看法。反过来看，安娜很奇怪，她感觉这些特异功能总与最稀疏平常的事有关：在日常生活中，她的缪果做什么事都难以置信地轻松，毫不费力。在她手中，事情总是很简单，似乎总能迎刃而解。妈妈永远处于这种状态，而安娜只有坐在上升的飞机里时才有这种美妙感觉，好像自己是大自然的一部分一般平静而和谐。对缪果来说，从表面上看，不是在其他什么地方，而就是在我们这个地球上，在我们熟悉的周遭世界里，虽然充满着琐碎和常常令人不快的小事，但没有什么是不可能的。

事实上，安娜常常半严肃半开玩笑地说，她生在一个有三个女巫的家里。她的祖母也是这样的人。妈妈对她的这种说法不以为然，并总是回答说没有什么魔力，只有爱和与爱有关的事。乍一听，这话相当老套，安娜却感到有些玄妙，觉得妈妈话里有话。爱的本质究竟是什么，能使奇迹变得平常？虽然她非常爱妈妈，却看不懂她的心思，不是吗？

真相是，安娜把家里人的爱看作理所当然。正如所谓“发达世界”中的很多人一样，她从来没想过在她们四个人之间除了感情还有什么。家里没有男人，他们在安娜记事前就都去世了，是她身边的三个女人把她抚养长大的，她们教她热爱世界、抚摸花朵、和动物说话，还有做好事——仅仅因为这是自然而然的事——并且充满期待，因为这是获得回报的最好方式。她们从未用正式而乏味的说教向她灌输这些东西。远非如此！她是在她们的怀抱和无数的游戏中学会这些的。

事实上，直到现在妈妈还在不断发明让人意想不到的精彩游戏。最近的一天早上，她突然顽皮地说："猜猜我今天是什么动物？"

安娜立刻明白她的意思了，仔细地看着她，好像在看一个动物，然后回答："你前面那些灌木挡住了我的视线，所以我不是很确定，你看起来像一只老虎。"

"接近了，接近了。"

"啊哈，好的，现在我能看清楚了，你是一只猎豹。"

"我就是猎豹，你得小心点啦，因为据我判断，你今天是一头斑马，不是吗？"

"猜错啦，只有一次机会！"安娜得意扬扬地回答道，"你看不出来我是只猫吗？"

安娜对猫很着迷，可以非常自然地"进入"猫这个"角色"。而且，她特别擅长模仿猫，尤其是抚弄爪子的动作和叫声，她模仿得太像了，以至于任何流浪猫听到她的"叫声"都会立即竖起耳朵朝她跑去。这并不是说模仿也是她们游戏的一部分，恰恰相反，游戏的关键是猜，可以说是心灵感应吧，但是偶尔有些例外，猜错了也没有什么大不了。而且，这个游戏刚刚开始玩，所以还有改进的空间。

比如，在去法兰克福之前，安娜好像有些恼火生气，说："有个女巫妈妈很不错，但并不总是这样。就像今天早上，我醒来的时候希望自己是只小象，但当我看自己的时候我看见什么了？一只老鼠！你一定是用你的魔法棒碰了我，然后把我变成了你想要的样子，所以游戏到此结束。难道这就是我们说的选择自由吗？"

这次妈妈明白她的意思了，然后用安慰的口吻说："好吧，是这样，我今天非常希望家里有一只小老鼠，就一天。明天你要去旅行了，所以我要把你变成一只年轻的大象，一直这样到书展结束。"

"不，不，在那里做一只大象可不合适。我会不小心撞倒他们的所有展位的！我最好做一只小猫。我觉得这样最好。"

"哦，你不会认为那里的人都是和善、柔弱的动物吧，是吗？"妈妈大笑道，"我能想象出展会中的猎食者！但是随你吧。你可以随意使用我的魔法棒，年轻的女士。只是你要保证在那别变成一只大型猫，回来别变成一个猎食者就行了。”

“不要担心。我会变成一只小猫，就这样而已！”安娜反驳道。这件事就这样结束了。

“那么你在法兰克福的时候是一只小猫，不是吗？！”安娜听见自己内心的声音正在嘲笑她想起了缪果和她们的新游戏，她本想把这些写进她的童书里，而这些内容，她在书展期间完全忘记了。

“你是一只猫，不是吗？”她像回声一样机械地重复着这句话，声音很轻，好像是刚刚睡醒、想要努力回忆梦境一样。这不仅仅是她和缪果游戏中的一句台词，这句话最近经常说起，经常听到或者说经常想起来。安娜确定无疑。难道她刚刚真的打瞌睡了？有时她能想起梦里的内容，至少想起一部分。窍门就是不要努力去想，而是放松，然后其他内容就会自动记起来，现在她又这么做了。

但是她想记起来的不是一个梦，而是昨天傍晚想到的事情。当时一下子全跑进了她的脑子里，却不知为何完全混在一起的那些台词，或者说那些想法。是的，混在里面的那个想法……甚至说并不是全然“混在里面”，而是在开始甚至开始以前的其他想法。关于一只鲨鱼，关于一只老虎……然后又关于一只小猫，是的，没错——哦，天哪，太不可思议了！

她把整句话都记起来了。

一切都重新记起来了，然而，她想起来的越多，恐慌的感觉就越强烈。因为现在她能完全意识到这些想法不是她的了。毫无疑问！昨天这个想法第一次“光临”的时候，她还不这样想，并不是说这些想法本身有什么令人害怕的，但是为什么这些想法不是她自己的呢？那么又是谁的呢？

安娜看着小矮人们，希望寻求些帮助。他们都盯着窗外，神秘地微笑着——异常专心致志，明显在躲避她的目光，安娜也不由自主地朝同一个方向看去：此时飞机正要降落，没时间说话了。

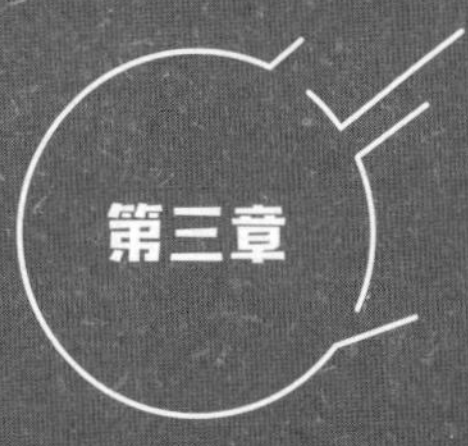

第三章

第二道门

“很好！太好了！感谢上帝！”缪果像孩子一样兴奋地大叫道，似乎等不及女儿气喘吁吁地把话说完。

“什么太好了？”安娜惊讶地问，“我产生幻觉了吗？听觉上的幻觉？甚至只是一种意念？”

“关于听觉上的幻觉你也许说对了。”缪果微笑着说，“我从来没有听过狗‘喵喵’叫，但是谁知道呢？你能在动物身上看到各种奇迹发生。说到语言的话还不仅如此，就像书里说的，有些人声称动物理解我们所说的一切，却不表现出来。想象一下，如果它们确实能听懂我们说的话，会发生什么事呢？总之，我们对它们一点也不好！但是，这是另一个问题了，我们要讨论的事情是……”缪果停顿了一下，郑重地看了看安娜，似乎想确定是否到了谈这个话题的时机，然后接着说，“这个事情就是，它们实际上是‘第二道门’。它们出现在小矮人之后。”

“‘第二道门’？通往哪里？”安娜不由得问。

“哦，我很高兴你不单单告诉我法兰克福书展的事！还有你遇到的那件事、你的感觉以及你刚刚告诉我的一切。你问‘通往哪里？’别忘了，我已经告诉你它们出现在小矮人‘之后’，不是吗？小矮人是‘第一道门’，那么……”

与此同时，缪果一直搂着安娜，充满关爱地握着她的手，好像她们即将走上一条摇摇晃晃的绳索桥一样，而桥下就是万丈深渊。

“那么……”她用对小孩子说话的口吻继续说，“它们是我们通往真实自我的‘第二道门’。但是，不仅如此。它们与小矮人也不尽相同。”

“动物吗？”安娜完全被搞糊涂了。

“嗯，是的。你觉得我们是不是无意中开始了那个新游戏？猜猜我是哪种动物的游戏。我只是想帮你做好准备。已经到你该走进这道门的时候了，和我还有小矮人们一起。”

“但是你知道我有多喜欢动物，为什么要做那些准备呢？而那些总觉得我们的流浪猫碍眼的人呢？他们……”

“是的，是的，我们过些时候再说这件事。我会向你解释一切的，只是别着急。就像你祖母过去说的，总是仓促行事会毁掉我们的：我们如果不跟着大自然的节奏生活，我们已经这样很久了，终有一天会摔个大跟头……顺便提一下，动物们正努力地保护着我们，不让它发生。但是，我们一次只说一件事吧……提起我们的猫，我们去看看它们吧。”

缪果说出这个提议的时候，仍然像之前一样充满激情。然而，安娜隐隐觉得妈妈的话音里悄悄传来了一丝忧虑。

“我有很多事情要告诉你，”妈妈继续说道，“我在想我得怎么说。因为……有些事情算不上是好消息……也不是说完全没有好消息。不是的。今天结束之前，好消息会比坏消息多的……是的，是的，当然是这样。我确信！没错！”她说话的样子铿锵有力，似乎也要说服自己。

安娜对此确信无疑：她第一次目睹了妈妈强大的定力，一瞬间，失衡感和恐慌感，就像飞机降落前的那种感觉又一次烟消云散了。

而缪果很快又恢复了她平常的语调："那么，一次只说一件事吧。因为，这对我来说也不容易！实际上是对我们来说！你们这代人已经习惯了上网查找任何东西，但是，这次单就小矮人来说，这不是信息或真相的问题。而且，在我看来，对于查找真相，网络的主要作用是帮助我们节省时间和精力，可以让我们随时获得真相，这样我们就有时间做那些真正需要智慧做的事了，或者说'回过头来'做更好，而且你知道智慧与真相毫无关系。但是我们变得太懒了，每件事都要做得'又快又省事'，一切都必须用数字来衡量……抱歉，我有些跑题了。快来，我们现在去看看猫吧。我保证，首先是好消息。"

"缪果和安娜的猫"一出现就是个好消息。因为在这座城市中散步不是一件惬意的事。这里脏乱破旧、灰蒙蒙的，垃圾总是扔得到处都是，人行道上停满了车，所以你不得不绕来绕去，如果说还有地方可走的话。而人行道年久失修，破烂不堪，坑坑洼洼，给这种新型障碍赛增添了各种障碍。周围的绿地和大型公园不但没有补救这一切，还使它更难看了。破旧失修与垃圾遍地已成为这片区域的主流，并且气焰嚣张，好像在嘲笑已成为过去的自然世界。所以，周围任何花朵绽放的枝头都令人伤感，而不是欢喜、愉悦，难怪这里的人走过这些街道的时候大都皱着眉头，甚至怒气冲冲。厚厚的皮夹、厚厚的轮胎、厚厚的皮肤是这座城市的全部风景，他们唯一在意的事情就是紧闭办公室、家里、车子的门，让自己感觉舒服点。大自然的选择应该让每个人和每种东西都受益。这一点曾受到强烈肯定，在从前、现在以及将来都永远是一种常态。所以，无论怎么来理解，变得麻木这种事，如果不算一个目标的话，至少无疑是一种生存手段。

在这个阴郁、沉闷的画面中，缪果和安娜的一群猫好像来自另一个世界。首先，那个世界美丽而多彩，住着各种各样的猫，有亮红色的，有黄白相间的，有白黑橙色相间的，有乌黑发亮的，有蓝色特种俄罗斯猫的后裔，有普通的灰色流浪公猫，也有粉色波斯猫与灰色或红色虎斑猫杂交的猫……那个世界充满了温暖与爱，能在一瞬间让人产生被拥抱的感觉，就像你在充满敌意的人群中突然看见一个朋友一样。或者像你在赤裸脱皮的楼群中看到一小块粉蓝色的天空一样。你正小心翼翼地行走，并没有想起往上看，似乎是有人无意间提醒了你，同时也卸下了你肩上的负担。

换句话说，这些猫就像这座丑陋城市中一簇美丽的火花。它们给这座城市增添了意想不到的贵族气息，甚至可以说是人性，只有某种完全本真的东西，比如原本宏大而美好的大自然才能做到。

这些猫住在市中心一栋旧住宅楼的两间地下室里，这里窗户破旧，已经废弃不用了。它离街道有段距离，紧挨着一栋栋笔直的高楼，看起来像一个字母“n”，里面有两棵庄严的栗子树和一点点所谓的绿地，这里的绿草本就稀稀拉拉，还早就被塑料袋和各种垃圾剥夺了领地。

一栋栋高楼长长的身影挡住了这些猫的视线，所以当缪果和安娜走到这条街道时，它们根本看不到。然而，每次在她们俩快走到这栋楼时，这群猫就会从拐角处冲出来，不约而同地出现。它们一边向安娜和缪果飞奔，一边开始施展绝技，好像已经为此演练了一整天，只等此刻的到来。因为，这些把戏不完全是小猫平常表达感情和喜悦的那一套。当然了，没有咕噜声、喵喵叫和抚弄爪子也不成。但是这些“雕虫小技”通常到后面才会展示。首先它们会一反常态地张开爪子表演各种“打招呼”。

比如，人行道最近安装了一个五米长的栏杆，以防人们乱停车，这些栏杆很快成了小猫们表演特别节目“见到你很高兴”的新道具。这些猫排成一列，翘起尾巴，有节奏地敲击着栏杆上的每一个杆把，好像是一群音乐家正用手指拨动着一架巨大竖琴的琴弦。它们背对着这两位女士向前走，头却朝着她们，眼睛里似乎在说：奇迹中的奇迹！你们终于明白了！你们，人类，就是你们！应该在这里放个栏杆，以防人们乱停车。总之，这里太狭窄了。你们在这条街上奔忙赶路都多少年了，到现在才醒悟过来？

当然了，不是所有的把戏都有这样的色彩。还有一些纯粹“问候”的动作表演，比如，这些猫好像是有意作出了一组侧翻的体操动作——向左，向右，再向左，对称地排列在离她们两边半米远的位置。

轮到灰色虎斑猫展示它的特长了，在这一点上没有任何猫敢和它比。事实上，当它第一次向缪果和安娜展示这个特长时，她们简直不敢相信自己的眼睛。在一个闷热的夏日傍晚，她们走出家门，想呼吸一下凉爽的空气。她们像往常一样顺道先去喂猫，之后这只灰色公猫开始跟着她们，然后在她们散步期间，一直跟着她们！有二十多分钟！它勇敢地从别人身边走过，在这两位女士脚下趴下来，当时她们正在附近公园的长凳上休息，最后，他们又一起回来。缪果和安娜非常惊讶，她们立即决定验证一下和一只猫一起散步这个奇迹第二天晚上是否会再次发生。是的，奇迹不仅又发生了，而且持续了整个夏天，成了一种惯例。她们还曾无意中听到一群经过她们身边的少年羡慕地低声说："这就是那两个女人的猫！它每天都跟着她们。你能相信吗？"

是的，无论这样的话听起来有多么奇怪，这些猫确实使这片冷漠无情的城市风景以及城里居住的人感觉有人性多了。但是，唉，这种神奇的功效并没有持续很久。周围丑陋不堪是个事实，开始的几分钟，她们还特意寻找被遗忘的一切，之后安娜总是第一个回到现实，然后还是充满同情地说起这些动物："可怜的猫们！"

或者，提起她给它们起的名字："可怜的柯赛特们，被迫待在这样一个肮脏的环境里！"

听到这话，妈妈常常回答说，也许它们实际上并不是"被迫的"。然而，安娜从来没想过缪果可能猜到了女儿想说什么。

"你不会认为猫有透视眼吧，是吗？"妈妈开始说。

在五分钟之前她们的话题出现了出乎意料的转折后，这个问题听起来显得没那么郑重其事了。所以，她没有回答，只是飞速地看了缪果一下，想看看她是不是在开玩笑。她们刚刚坐到栗子树下一个破烂不堪的长凳上喂猫，现在正快乐而满足地看着它们抚弄爪子、狼吞虎咽地吃东西。不，表面看起来，妈妈相当郑重，至少在她看来是这样。因为，这些猫好像确实能隔着墙看到她们。

"当然没有。"缪果自问自答道，"在我们的生活里，现在已经没有这样的猫了，可能从前有或是其他地方有，但是它们能感觉到我们。它们在很远的地方就能感觉到我们的能量——我们的思想、身体和灵魂的能量。”

“就像你一样，”安娜插话道，“你总能知道我什么时候回来，不是吗？而且还不仅如此！唉，这种事情很少发生在我身上。哦，有时我知道电梯是否停在我们那层楼或是知道邮箱里是否有东西，我甚至能猜出那个东西是什么。但是，我也就只能如此而已……如果这真的会发生的话……”她耸了耸肩。

“但是我们本该知道，确切地说是‘感觉’到这些，”缪果纠正自己说，“因为知识与智慧完全不同。这些感觉，可以说，‘属于’智慧，与理性毫无关系。与它们相关的是身体、内心和我们的灵魂，就是我们所说的直觉。有人说，在很久以前，我们可以通过直觉进行交流，或者说通过心灵感应，而今天也没有什么能阻止我们这么做。实际上……”

缪果叹了口气，好像很不情愿地抑制着自己的激动心情，但又不得不重回现实：“实际上，阻碍我们的东西很多，要达到那个境界必须先解放自我意识。而我们受到的阻碍越来越多，如坏的、愤怒、可怕的念头，想要我们根本不需要的东西的念头。仓促行事和不停地算计也会产生阻碍。这些‘噪声’一部分来自我们自己的内心，一部分来自外界，这使我们很难听到自己内心的直觉，也就是宇宙或是大自然的呼唤，随你管它叫什么。因为直觉是我们与大自然联系的内在纽带。但确切地说，它就是我们看不见、摸不着的东西，只是一种能量。我们失去的纽带越多，我们就越不像人类。因为，大自然、直觉力和良知也就是我们判断善恶的能力，都是相互关联的。直觉力就像我们的内在引力场。”

“那么猫在这一切当中起什么作用呢？”安娜小心翼翼地问，“抱歉打断您，这是唯一一个我没有明白的问题。”

“哦，不！”缪果大笑道，“别以为我又跑题了。因为，它们的‘作用’正与我们的直觉相关，是我们通往大自然的途径。比如，你说如果不是那只不可思议的棕色小狗，那个突如其来的想法，也就是说那些无论好坏的不是我们自己的想法，是怎么出现在我们的脑海里的呢？”

当然了，她仍然没有期望得到安娜的回答。

“实际上，你知道吗？如果这里没有这些神奇的生灵，我们将会是另一番样子。但是，我不仅仅是指这些猫，而是指所有动物！因为它们有一个特殊使命，就在当下。从长远看，差不多跟小矮人的使命一样，但是方式不同。我跟你说过，不是吗？”

缪果停顿了一会儿，然后就像要讲什么秘密时那样压低声音继续说：“动物和小矮人都是大自然的使者。因为现在事情已经迫在眉睫。我一点儿都没有夸张！这个世界确实需要紧急救援。你还记得祖母以前说过的话吗？再这样下去，大自然很快就会好好惩罚人类了。在很久以前她就说过这话了，那时我们还没听说过臭氧层空洞和全球变暖。只是因为她觉得我们把大自然看成是征服的对象，而且把它踩在脚下，并以此为傲，这太狂妄自大了。然而，大自然是我们的母亲，在考虑惩罚我们之前，她会努力挽救我们。是的，亲爱的，大自然正急于帮助我们。你能想象吗？！你在伦敦的时候读过那些狐狸的故事，不是吗？是不是关于大城市突然出现了很多其他野生动物的事？这完全不是巧合。这种情况说明事情已经迫在眉睫。”

“是的，我读过这些内容，”安娜回答，“但是据说是因为农田里的杀虫剂，生态平衡被破坏，诸如此类。”

“那也没错。但那只是一部分原因。还有另一个原因，而且它跟我们与大自然的内在纽带有着直接的关系，这个纽带就是我们的直觉力。因为，如果我们没有如此忽视它，或者应该用更严重的字眼，像堵塞，甚至将它堵满淤泥。如果我们的直觉力没有被堵塞，我们就不会是现在的下场。动物的能量和它们的振动频率跟大自然完全一致，因此，它们至少部分抵消了，而我们的灵魂、思想、感观和身体中偏离自然的振动频率，它们也抵消了部分恶念之源，在比喻意义上恶念之源确实存在，或许还不仅如此。实际上，这是最坏的消息了，但是我们下次再谈这个问题。我保证过先说好消息，不是吗？”

缪果最后一句话像打机关枪一样脱口而出，希望安娜能有所反应，但看到女儿什么都没说，她几乎气也没喘地继续说道：“所以说动物的振动就像起着中和作用的东西，就像为走音的乐器调音一样，这样它的弦音就和谐了。或者像祷文起的作用一样，能帮助我们解放自我意识，清除一切矛盾分歧。这样我们就能重新跟上大自然的波长，重新开始真正听到它就在我们内心深处的声音。这样，我们通往它的内在途径——我们的直觉力，就不会在某一天完全关闭了。看吧，这就是今天动物们的伟大使命。”

“那么你认为这可能吗？你觉得还不晚吗？”安娜既对自己也对妈妈说道。

“嗯，我们正要谈这个，你就是活生生的例子。法兰克福的那只狗把你拉回到了大自然之中，它让你想了那么多事情，或者说让你‘发现’了那些事情。”

缪果的声音很兴奋，但是眼中不只有兴奋的神情，还有希望、焦虑，以及期望：她希望女儿不要困惑和害怕，希望她不要失去信念，希望她能看见事情好的一面。

“你知道吗，当你告诉我动物是‘第二道门’，我想到的是全然不同的东西。”安娜开始说道，“我记得那些狗能嗅出人们是否要生病了。你记得吗？它们曾在电视中出现过。看起来绝不可能，简直就是彻头彻尾的科幻小说。”

“但是，那完全不是科幻小说，而只是一个事实而已。而那些事实是真的，因为它们是真实存在的，不需要常规的解释，也就是无须‘客观证据’来证明‘它是如何发生的’。”妈妈微笑着回答，听到女儿的话她觉得此时可以轻松片刻了。

“我很高兴你还记得那些狗。你所说的是今天动物使命的另一个例子。因为，这也是它们使命的一部分。我跟你说过，它们能直接感觉到我们的能量、人类面具背后的真相，甚至是我们试图隐瞒自己的真相，还有那些连我们自己都没意识到，却在我们的身体和灵魂中慢慢成熟的东西。在某种程度上，动物知道我们每一个人是哪种人，它们从来不会搞错！看看猫的眼睛。你没感觉到那是无垠的宇宙透过它们看着我们吗？而且我确信狗总是能嗅出我们的疾病，因为这又是一个振动和声音频率的问题，我们看不到，人类看不到！然而，它们当前正在向我们揭示这一切。你知道为什么吗？因为这对它们来说是有风险的，在其他地方可能会有人滥用它们的这个天赋，逼迫它们去作恶而不是行善。但是已经到事不宜迟的时候了，它们在为我们牺牲它们自己，我会给你举个这样的例子。但是一个悲伤的例子——非常悲伤！”

缪果犹豫了片刻，但是她知道迟早要把这件事告诉女儿：“你有没有注意到我们的灰色公猫，跟我们一起散步的那只猫不见了？”

“没错，”安娜说着，一下子有一种不祥的预感，“但它是一只顽皮的猫，就像你说的，一只爱闲逛的猫，所以，它一定是在附近闲逛呢。”她满怀希望地说道。

“不，它没有。”妈妈闷闷不乐地说，“它被烧死了。”

安娜惊愕地看着她。

“有人来街角处修理配电板，”缪果继续说，“然后他们一定是去抽烟了，或者干别的什么，谁知道呢，总之，他们没把配电板的门关上。是的，我们就是这么不负责任，我是说人类就是这么不负责任，已经不知道什么是底线了。这太离谱了！所以当它走过的时候，它就死在了那里。如果是一个小孩儿，总有小孩在那附近跑来跑去……你觉得它不知道自己在做什么吗？它这样做只是为了避免其他事故。当然了，后来我们的‘朋友’，”她不屑地撇起嘴，“你知道他们是什么反应吗？他们更加无情地攻击这些猫。因为他们循着味道找到了它，所以那一片狼藉又被认为是猫的责任。但是那个配电板门为什么没关上，而且无人看管，他们甚至都没有提到这个问题。”

缪果和安娜有很多朋友和她们一起喂这群猫，努力保护它们远离街上的危险，但是他们也有很多敌人——极度憎恨猫的人。对他们来说，这些五颜六色的小生灵是万恶之源。两个阵营之间开始了一场没有硝烟的战争，可悲的是，后者人数居多，占了上风：那时候猫的数量从九只减少到了六只。缪果仍以她众所周知的善良之心努力去理解敌对阵营，她总会难过地说：生活在这座城市很不容易，人也就难免会变得如此愤懑和充满恶意了，而且他们不仅仅是针对这些猫。但是，安娜并不想如此宽宏大量。猫在土里解便，然后每次都会把它们埋起来，她总是指出这点。“它们唯恐会破坏周围一片垃圾的和谐环境！”安娜总是不忘挖苦地补充。

“是的，你说得对，猫总是尽力而为，我们人类甚至都不去试一下。”缪果常常赞同地叹气说。然而，此时，她们两个都愤怒不已，一个字也说不出来了。

悲愤的安娜第一个开口说：“你真的认为那些人能被改变吗？能被动物的振动所改变吗？你知道我们的‘朋

友’还忙着干什么吗？在我离开之前，我发现了一件事。你还记得我们一直纳闷为什么这栋楼入口前面的壁龛处总是湿的吗？好像有人在那小便一样。事实是，他们故意往那里泼水，整个白天都在泼。没有其他原因，只是为了不让盖娜去那。你能想象吗？好像没有这个永久的水坑，这里还够难看似的。然而，对他们来说，这无关紧要，要紧的是把盖娜赶走。”

盖娜是他们那条街上的一只狗，可以说是这条街的护身符，至少对那些喜欢狗的人是如此。它很老了，也很友善，但几乎不能走路了，而壁龛真的是它最喜欢的地方之一。它总是像狮子一样趴在那里，看守着他们的入口。但是你只需看看它疲倦而悲伤的眼睛，你就能知道它毫无恶意，而且还让你很想抚摸一下它的头。

然而，如此荒谬的事并没有使缪果感到悲伤。正相反，她大笑起来，惊讶地点点头，似乎在说他们对这件“小”事可真有创意！

“看看好笑的那一面吧，”她看到女儿眼中的诧异回应道，“多浪费能量啊！拜托，不要生气。你知道生气是最糟糕的事。至于动物振动以及它们是否会改变我们的‘朋友’，我并不知道，但我确信它们大体上会起些作用。大自然发生的任何事都绝非巧合。如果恶念之源影响力那么大，那我觉得相反的一方应该有同样的力量。而且别忘了，另一方才是大自然的产物。另外，这也取决于我们每一个人怎么做。”

“你应该告诉我那些事儿了……那些恶念之源。”安娜几乎脱口而出地说道，却好像是天外来音。

那只灰色公猫，那些所谓的“动物爱好者”的同情心，这座破破烂烂的城市……这些东西在她的脑海里不断盘旋、相互交织，变得丑陋不堪，并不断膨胀变成了愤怒和泪水。不仅如此，还有某种东西从她心里往外冒，却爆发不出来，而是偷偷溜出，爬上她的肩膀，让她不堪重负，将她压垮。或者说恰恰相反，她内心的这个东西也许是从外面溜进来的，意欲制造一种古怪的苦涩滋味。它不在嘴里，而是进入了她全身的每一个细胞里。感到人们对自己所作所为无动于衷的滋味、极度孤独的滋味让她觉得内心冰冷。既然情况已经这么糟了，为什么还会有恶念之源呢？

“当然了，我会告诉你，”缪果说道，她深知女儿此刻的感觉，“但是，改天吧。我保证过先说好消息，不是吗？还有更多的好消息，所以别丧失信心。你知道上帝不会帮助丧失信心的人。来吧，鼓起勇气，我的宝贝！”

她紧紧握着安娜的手，心情沉重，暗暗想她们仍然还在这条绳索桥的起点。

“哦，是的！”她想到该如何让自己和安娜高兴起来了。

“拜托你，不要仅仅因为你不知道某些日常小事意味着什么就低估自己的直觉力。别忘了，我们经常会把渴望与恐惧误认为是所谓的预感。我们总有这样的问题。而你内心的感觉通常是很准确的，我可以向你保证。比如，很少人能猜到，准确地说应该是‘感觉到’，”她纠正道，“有精神银行的存在。”

缪果说的最后一句话就像突然间在灰暗的房间里拉开了窗帘，一扫安娜脸上的阴霾，亮光一下子照进她的心里，她突然大笑起来说道：“什么？你一定是在开玩笑！”

“不，不，当时‘你’提到这个词语的时候确实是在开玩笑。但是你不知道你说得对极了。如果这都没有说中要害，还有什么呢？！”

“什么？这么说真的有精神银行。”安娜显然高兴起来了，问道，“或者说我确实有直觉力？别逗我了！”

“那好吧。想想你喜欢的事吧。重要的是我让你笑起来了。至于精神银行，我们改天再谈。我们回家吧！反正现在也很冷了，不是吗？”

安娜没说什么，只是充满爱意与敬佩地看着妈妈。她太厉害了！安娜心想。她也曾经历那么多不易，真难以置信她的情绪为何从不消沉！而且她总能找到使自己高兴起来的办法。现在她又做到了。

这种感觉一直持续到夜晚来临。

第四章

梦

这又是一个似乎完全真实的梦。发生在一个真实的地点，好像也是真实的时间。没有扭曲变形的面孔，就像透过窥视孔看到的那样。没有怎么努力也关不上的门。谢天谢地！我们总是及时醒来，啊哈，逃过梦中即将发生的致命后果……

人们经常会做这样的梦，醒来之后会纳闷自己为什么在床上，自己是否真的睡着了，或者是否确实发生了这一切。然而，有一个细节，虽然最后会变得极其平常，但在此之前，看起来完全不属于这种梦境，更确切地说，它应该属于一种噩梦。但最开始的时候并不是这样。

最开始的时候，安娜正在做瑜伽呼吸运动，就像她在现实生活中每天做的一样。那么怎样才能分清梦境与现实呢？！只有一点小小的差别：她的眼睛完全睁着。她有允分的理由这么做！她正在一张酒店房间的大床上，双腿交叉坐在两个枕头上，眼前是一幅神奇的景象。一片壮观的混生森林从她眼前的一扇窗户闯了进来，绿茵似乎一望无际。另一扇窗户中是一片海洋，满眼蔚蓝。

突然，一只黄蜂进入了这个画面：它在窗前直线飞行。显然，它是从露天阳台飞进来的。一瞬间，安娜的欣喜感消失了，她尖叫了一声，把毛毯拽过来盖在身上。现实中，安娜极其害怕黄蜂，但实际上她并没有遇到过，也从来没被叮咬过或因黄蜂而过敏。在梦中，这只黄蜂继续像箭一样直线飞行，丝毫没有偏离轨道，直接飞向一个位于长长的橱柜的最左侧的小酒柜。它丝毫没有迟疑，没有像平常那样转圈，而是径直飞到酒柜的柜门上，然后爬进橱柜顶端面板下面的小槽里。

安娜鼓起勇气，从床上跳下来，抓起一块毛巾，想把这只虫子赶出去。然而，过了一会儿，她紧紧地靠在墙壁上不敢动了，因为又有一只黄蜂正从前一只黄蜂进来的路线飞了过来。当她看到这只黄蜂还是落在酒柜门上，并透过眼角余光看到第三只黄蜂时，她完全被吓呆了。它也没有转来转去地嗡嗡叫，而是径直飞向那个酒柜，跟前两只一样钻进了小槽里。只过了一小会儿，这些黄蜂就爬了出来，然后沿着来时的路线返回到阳台上去了。

看到它们飞出去，安娜以闪电般的速度关上了门，又关上了窗户，然后返回到酒柜那里。她擦了擦酒柜的门，以免她的手指碰到黏糊糊的东西；又看看门是否关严了，因为里面放了水果，然后在酒柜门和橱柜顶端面板之间悄悄查看，那里没什么缝隙。只是在酒柜上方的门沿上有一个浅槽，她看见那些黄蜂就是溜进了这里，但是现在里面什么都没有。

然而，她还是无法安心坐回枕头上去，而且就在这时，又有一只黄蜂飞了进来，直奔酒柜！安娜看到这个场景呆住了，她觉得这只虫子要是看到那里没什么可吃的就会飞回来。远非如此！这只黄蜂像前面三只一样，又跑到那个小槽里不见了。这次只有一只而已。安娜等不及它自己飞出来，就朝酒柜奔去。

结果她看到，在橱柜后面和左边的面板之间，有一小块空隙：大概三英寸宽。要是从前面看，根本猜不到那里面会有一个空隙。而在酒柜门上方的那个铰链上有一道小裂缝，可以通向后面的那个空隙。在那个空隙里一定有什么东西！橱柜很低，但是很重，根本没法挪动。安娜记起外面的走廊有一面镜子靠墙立着，显然是用来更换哪里的坏镜子的。她把它搬进来，放在酒柜后面，虽然现在是白天，镜子还是会往墙上反光。现在里面的整个空隙都能在镜子里看得清清楚楚了。但是里面什么都没有！只有灰尘，一层厚厚的灰尘。

安娜非常害怕，她觉得别无选择了，得看看那些黄蜂到底在那里干什么，这样她才能解决这个问题，否则，它们会一直困扰着她。安娜打开阳台的门，然后浑身发抖地回来站在离酒柜远远的地方，但又足以观察清楚酒柜的门和镜子中的空隙。

不一会儿，这些黄蜂就回来了，三只几乎是同时飞回来的。一瞬间，安娜感觉自己就像一个旁观者，虽知晓大部分情节，却不知道它的关键点，就是最有趣的部分。她等着第一只黄蜂从那个小裂缝爬到后面的空隙处，然后盯着镜子看。但是它没有在镜子上出现。她又朝前面看，它也没回来，却看见：第二只黄蜂已经爬进了那个裂缝里。她再回头看镜子，还是什么都没有！而前面的那两只黄蜂也不见了！

安娜不由得伸手去拿桌子上的一卷宽胶带，然后封上酒柜门和橱柜上方面板之间的小槽。这样这些黄蜂就只能从后面出去，别无选择了，那么最后一切就都能搞清楚了。

而且，有一只黄蜂确实在那出现了。但它好像是凭空变出来的，安娜并没有看见它从空隙中出来。那个空隙仍然空空如也。那里一切看起来都很正常！她觉得一定是自己一时没留神没看到，所以她目不转睛地盯着镜子。

不一会儿，镜子中出现了另一只黄蜂的小脑袋，很快整个身子都出现了。但是又像是突然间冒出来似的，仿佛从某个点到这个空隙的一段空间完全没有映照在镜子中。而镜子只是在它飞到一半时"捕捉"到了它的影子，就是当它从不可见区域飞进可见区域的时候。最后一只黄蜂出现了，还是这样出现的，没有惊动它们身后空隙处的一粒灰尘。

最有可能的是这一切只是眼睛的幻觉而已。

然而，安娜没有时间想这个了。她感觉又有一只黄蜂飞进来了，它落到酒柜上，沿着整条胶带爬了过去，然后……安娜刚要后退，它就毫不迟疑地飞到橱柜后面了。这只黄蜂一飞到那儿就在镜子里面出现了，然后安娜刚想把镜子往里转一点的一瞬间，她确定无疑地看到这只黄蜂的头是怎样消失的，然后一下子镜子里只能看到它的小小的后背了，再然后整个身体都消融在空气中。另一只黄蜂也是这样。与镜子里的影像完全一样。

然后，就在那时，更让人意想不到的事情发生了：安娜所有离奇的、费解的感觉，一切不可思议的感觉都消失了，像是突然间打了一下响指。似乎一切从未发生过。所以没有理由再观察黄蜂和镜子了。即使她能直接看到那个空隙处的一切，却看不到什么其他的特别东西了。并不是说那里什么都没发生。正相反，就是"在那里"发生了最重要的一幕。毫无疑问。并不是说镜子没有准确地照出来，完全不是！只是"她"不能，或许说不应该看见它。她感到一种难以置信的平静油然而生，从未感觉如此轻松，好像一分钟之前脚踝还拖着装满沙土的哑铃，一下子全部解下来那么轻松。现在她的身体真的变得轻快多了。

然后更重要的是，她的恐惧感似乎也消退了。从她的身体和心里消退了。这种感觉多棒啊！没有恐惧让人感觉多么轻松啊！

安娜伸手把胶带一下子撕开了。那些黄蜂显然在忙自己的事，为什么她会在它们自己选择的路线上放障碍物呢？

然后，她走回来，又双腿交叉坐在了枕头上。她无须再去想象她是如何吸入大海与森林中的能量物质了，也无须想象要如何从她的思想和身体里将邪恶的东西呼出去，以及这“一切邪恶的东西”是如何变成对其他生灵没有伤害的物质的。可以说，一切都是自然而然发生的，她与面前的大海和森林就像彼此相连的船只。它们的能量正自如地传导给她，而同时安娜自己也是这股能量的一部分，这幅美景的一部分以及整个大自然的一部分，她甚至是这些黄蜂神秘仪式中的一部分，在安娜眼前来来往往的飞行路线上，这个仪式仍在进行当中。

她幸福快乐地闭上眼睛，向枕头上倒去，进入了梦乡。

同时，现实中的安娜醒了过来，她确实纳闷自己是在哪里。然后她清醒了过来，意识到这只是一个梦，开心地想如何向缪果讲述这个梦以及如何和她一起解析这个梦。她感觉她记得梦中的每一个最微小的细节。然而前提是她得在脑子里快速回忆一遍，这样才不会忘得完全想不起来。就像冬天的时候要把一个雪球拿进房间：在你还未踏进房间时，它就消失不见了，手中只剩一点冰冷的感觉。或者说梦也是如此。

第五章

精神银行——并非玩笑

安娜还躺在床上回想着那个梦，这时脑子里突然闪现妈妈昨天说的关于精神银行的事，一下子把她的注意力带到完全不同的方向去了。妈妈说的是什么意思呢？精神银行这个“术语”是安娜有一次开玩笑时编出来的。实际上，她不是特意“编出来”的。这几个字好像是自己从她嘴里跑出来的。然而，这似乎是个冷笑话。这个笑话与她的工作，或者说与她参与的很多活动有关，还与她所在国家的各种荒唐事有关。她在艺术领域的主要工作，薪水一点也不高。和她做同一类工作的外国同事听说她的月薪后总会问：“那是周薪吗？”或者惊讶地摇摇头说：“你们国家的东西一定很便宜，如果说你能靠这点工资生活的话！”她当然不能。然而，更糟糕的是，她的职业在全世界都意义重大，在这个国家却越来越衰落。但是她不想放弃这个职业。尽管她知道如果她放弃这个职业，把精力投入到其他的业务，她会有更多的自由时间，也会更富有。然而，你能就这样放弃你所热爱的东西吗？那恰恰是安娜不能离开艺术的原因。而上帝为她提供了另一个解决办法：经常去国外出差做与艺术有关的事情。在国外的时候她会为了自己国家的艺术而努力工作，回国后把她在那里看到的一切写出来或讲出来。但是，那些出差多半是完全没有报酬的。主办方支付她在当地的费用，而各种补助金可用来支付机票费用，有时她也自己支付机票。在国外，她像狗一样辛苦地工作，回国后甚至还要辛苦两倍来弥补她所落下的工作。然而她并不介意，重要的是她感到这很有用，而且可以接触自己热爱的艺术。但是，对于这个国家的很多人来说，这完全难以置信。对某些人来说，根本没有因为热爱而工作的事，还有人只是不能相信出差竟然什么报酬也没有。否则的话，为什么要不断上路，提着手提箱奔波呢？！这就是他们的逻辑。曾有一次安娜听到自己这样回应他们："没错！我确实有一个巨额账户。只是它存在精神银行里！"

她太喜欢这种说法了，以至于她开始经常使用这个"术语"。并不是说她不想在真的银行里也有一笔巨额资产。但是即使没有，她仍觉得自己很富有。因为这使她有机会去欣赏和体验全世界各种艺术和异域文化的独特之美，有机会遇见各种各样的人，并和他们成为朋友。她不停地感激上帝给她这个机会。有时候，她甚至觉得自己生活在一个真正的童话世界里。这种感觉能用数字衡量吗？她会拿它去交换金钱吗？安娜十分清楚答案是什么。

实际上，为什么她此时想起了这些？安娜很纳闷。她都想到哪里去了！从她手表上的时间看已经过去很久了。她甚至可能已经忘记那个梦了！尽管她刚刚睁开眼睛的时候还记得很清楚。有时潜意识所产生的联想还确实挺奇怪的！她心想，这个相当老套的结论为她的内心独白画上了一个句号，然后她终于从床上爬了起来。

一小时后，安娜刚好讲完那个黄蜂的故事，却没想到缪果问的第一个问题竟然是："你还记得你能否从房间的每个角落同时看到这两处景色吗？我是说，这两扇窗户里的景色——就是你跟我说的那个样子。"

安娜想了想：这个问题究竟有答案吗？她当然没有立即给出答案。

“嗯，你知道。”她过了一会儿说，“我觉得我不能。然而，多有趣啊！我本来感觉我什么都记得，但我现在应该记起更多的事情了。好吧，好吧……我忘记了。我特意找过——在房间里四处找能看见两处风景的地方！我从不同的角度试过，但是我只能在一扇窗户里看见一片森林，或者在另一扇窗户里看见一块天空，或者只有大海和天空。然后，然后我终于找到合适的角度了。在一个床角处，而且只有当我坐在两个枕头上的时候才能看到。从其他地方看就不行。没错！但是为何你会想问我这个问题呢？”

“我早就确信是这样！”缪果没有直接回答而是这样说，“在这些梦里有两件东西会反复出现。”

“什么意思？”安娜更加疑惑地看着她。

“因为这个梦……”缪果继续说，“更确切地说，它最近以不同的形式出现在人们的梦里。梦中的地点会有变化：宾馆、民宅或普通的房间。但不变的是总会有两扇窗户，而你能看到其中的一处风景，还是同时能看到两处，都取决于你自己。然而，能看见两处风景的地方只有一个。这很奇怪，因为房间通常不是很大，在现实中这是不可能发生的。在这个地方会让人感觉很舒服。另一个在梦中反复出现的东西是动物，不同种类却总是很危险的那种动物，必定如此。更确切地说：是那些做梦的人在现实中害怕的动物。但是，在梦里，人们一开始会极其害怕，然后恐惧感渐渐消退，最后他们会觉得与这种动物和其他一切都很和谐。很有趣，不是吗？我也做过同样的梦。”

“我猜我知不知道你梦到的动物是什么！”安娜开玩笑地说。

“你当然知道，不是吗？”缪果会意地看了一下安娜，“你知道我多害怕它们……”

“你觉得这些应该是什么意思呢？”

缪果没有立即回答。她变得很严肃，不住地用探寻的目光看着安娜，似乎想确定女儿是否已经准备好听她讲下面的事了。

“那么，”她终于开口了，语气似乎丝毫没有要简短讲述的意思，“据说那些梦与精神银行有关。”

“啊，又是精神银行！”安娜愤愤地打断了妈妈的话，“您是怎么了？我一醒来就想起了这件事。您昨天是怎么让我大笑起来的，您只是说那个词语‘正中要害’。现在您又说起来了！”

“我也想知道你是怎么了，”妈妈困惑地说，“为什么这么没自信？如果‘我’跟你这样说过，你就应该相信我。现在只是因为这个想法是你自己想出来的，你就觉得它不可能是真的吗？没错，你开始是无意中说出来的，然后一直拿它来开玩笑。但是你自己也承认你不是特意编出来的，不是吗？你只是脱口而出而已。你觉得那是巧合吗？不，亲爱的，它来自你的内心，完全是凭着直觉而来的。因为，精神银行确实存在。我完全没有开玩笑。好吧，如果你觉得很难理解，那我这样来讲吧：它不可能不存在！想想看，能量不会消失，是吗？当我们读一部文学名著或是看一部好电影，当我们看一场戏剧表演或是看一幅大师的画作，当我们站在壮美的高山下，或是处于大自然的任何一处绝妙风景之中，也就是我们处于和谐与美妙之中的时候，我们会体会到一种令人惊叹、难以忘怀的东西，有一种欣喜若狂与心灵上的宁静完美结合的感觉，即所谓的‘美的愉悦’。你可以触摸这幅画作、这本名著、这片自然风景，它们都有一个物质外壳。然而它们在我们心里所触发的感觉——美的愉悦——并没有物质外壳。它是纯粹的能量，而且还具有非凡的力量，因为它全部是正能量。当我们感知它时，我们会感觉精神振奋，受到净化，我们会感觉生为人类的美好。这种能量不会消失，永远存在。正如你最喜欢的诗人济慈所说：‘美好的事物总能带来无尽的愉悦。’来自无形‘事物’的能量所带来的由衷喜悦也是如此。那就是：爱与感激的能量，所有善行与善念的能量，所有这些都会成为我们灵魂的‘资产’，成为所有人类灵魂的资产。这就是精神银行。与其他所有物质财产不同，这些财富不会被拿走。无论我们身处何方，它都会紧紧跟随。当我们有麻烦时，就是从这里获得能量、得到帮助的。最有趣的是精神银行的所有财富对于每个人都唾手可得！你不是存款人，也可以支取它。因为美好与良善本来就在于分享，它们不是私有财产。”

安娜心中所有的疑虑、质疑与不屑都完全消失了，她听得如痴如醉："那样将会太棒了！"

"我会把'将会'去掉。那太棒了，"缪果故意强调说，"你还记得你的评论家朋友杰克说过什么吗？无论你是否看过毕加索的画作，是否读过尤利西斯之类的作品，这都没关系，总之，它们会改变你的生活，也会在未来继续改变人们的生活。然而，你不应该把精神银行误以为是那些深奥文献所称的'世界图书馆'，抑或是'普遍理性'，诸如此类。精神银行里不含有我们平常所学的那种例如语言和其他技能的知识。就像毕加索曾准确定义的那样，它含有关于'心灵的知识'。精神银行中的财富会提高我们对良善与美好的感知能力或者说对和谐的感知能力。因为良善与美好相互关联。如果你失去了感知善的能力，你也会失去感知美的能力，反之亦然。不美的无论是思想还是行为，都是丑陋的，不和谐的。有人说现今一切都是相对的。他们不仅这么说，还不断强化这种观点，好像它就是事实一样。如果你不赞同这种观点，就会被贴上'老土'的标签。"

缪果叹了口气，无奈地摇摇头："唉，没错，小事可能是相对的，而大事就不是了。像谋杀暴力，甚至只是间接地煽动别人做这些事都仅仅是相对不好吗？当然不是！偏好不和谐不是偶然受到追捧和强化的，它只是为了丑陋而追求丑陋而已。这颠覆了我们天生对真善美的感知能力，而它是与生俱来的。科学研究已经证明了这一点。你觉得这种感觉来自哪里？当然是精神银行。因为，我们一出生通过我们的直觉与它联系在一起。这就是你想知道的：这就是为什么我们要避免直觉力受到阻碍的另一个原因。精神银行是大自然无形能量的一部分，就是我们昨天说过的那种能量。”

“所以这就是那些动物出现的原因。”安娜就像终于拼对了拼图一样激动地说，“我是说，在梦里出现的动物。精神银行与‘第二道门’有着某种联系。”

“是的，当然是这样。”缪果接着说，“可以说，动物是精神银行的守卫者。实际上，它们与精神银行还有另外一种联系。它们通过振动来中和我们当今的快节奏生活。一方面，这种生活方式不符合人类的本性，大体上也不符合大自然的节奏。看看我们吧：我们已经活活变成了机器人。我们越来越注重行动，而非思考。然而，与机器人不同的是，我们的磨损速度非常快。也就是说：我们很容易变得像物品一样，只有很短的保质期。然而人类‘并非’可有可无的物品。另一方面，我们如此匆匆忙忙，已经没有时间进行沉思了。我们甚至开始忘记沉思是什么了。它是更深入地思考。而沉思需要更多的时间、更多的专注力，需要对和谐事物敞开灵魂的大门。没有这些，我们就不能充分感知和欣赏美，也就无法与精神银行相通。因为，美不是一种‘易得的喜悦感’。今天的我们受到的教导是，即使在休息的时候，也必须做些什么。如果只是坐着，只是想想事情或看看东西，我不是说看电视之类的东西，这会被认为是无所事事，浪费时间。动物甚至通过某些行为教我们学会沉思。”

“是的，没错！”安娜若有所思地赞同道，“嗯，大体上我都明白了。但只有一件事我仍搞不清楚。还是关于梦的。那些动物，比如我梦中的黄蜂，在柜子后面做的事情是如何与精神银行联系起来的？它们实际上要去哪里？我的问题可能听起来太缺乏想象力了，但是一定有某种解释。确切地说：某种诠释。”

“当然有，”缪果说，“而这个诠释对你来说可能也缺乏想象力。但是这个梦不是巧合。它是大自然传达给我们的信息：一个关于它的处境和精神银行的信息。为了让我们理解这个信息，它被‘翻译’成一系列心理语言。唉，我们仍然无法摆脱这种心态：事情总该有个结局，就是某种分界线。一件事在此结束，另一件事在此开始。但我们就是这样的人。只要我们仅仅相信我们能看得见摸得着的东西，我们就会怀有那样的心态。为了能想象这种无界性，我们必须认识并接受套娃原理，就是不厌其烦地接受一个事实，因为看得见所以不得不承认，在一个大娃娃里面有个小娃娃，小娃娃里面又有一个更小的娃娃。我们必须把它看成是理所当然的，看成是完全自然而然的事，因为最小的那个娃娃同时也可以说是另外两个娃娃的组成部分。但是，还是努力想象一下吧。这可不是一件容易的事。同样，看不见的部分与看得见的部分不一定有明确的界限。最可能的情况是，它们混在一起、互相重叠、彼此包含。但我们还不能理解这一点，至少目前还不能。这就是童话故事总是提到镜子的原因：它会照出我们看到的世界，而在它背后，还有另一个世界，那里的生活与我们截然不同，那是我们可以想象出来的。而我们生活的这个年代注重知识，却轻视想象力，这对我们并无益处。爱因斯坦曾说过想象力比知识更重要。然而今天的我们很少这样想问题。所以我们并非偶然做了这个梦，在梦里我们‘看见’像小槽一样的东西横在两个世界之间，就在橱柜后面那个镜子照不到的空隙里。”

“也许精神银行的入口就在这里！”安娜插话道，眼中闪过一丝光芒。

“我们找到关键点了，你知道吗？！这是我们理解它的最简单的方式。而且，那些话实际上也包含了对那个梦的解析。我不太懂物理学，但或许可以说是因为现在磁极产生了变化，通往精神银行的这个入口或者说这些入口，有即将关闭的危险。这个梦是在警示我们必须立即采取行动拯救大自然。”

“这说得通。”

“也许……”缪果苦着脸疑惑地说道，“但是，我还有一个不一样的解释。我们真的需要通过梦才能明白我们该行动了吗？！我觉得不是这样。我们需要做的是观察大自然以及人类的变化。当然了，这个警示与精神银行的入口有关。我对此确信无疑。但是我认为这个入口绝不是在我们外部某个特定的地方。注意，我们的讨论已经超出了梦的范围，不是吗？”

安娜赞同地点了点头。

“我觉得，”缪果继续说道，“每个人类的灵魂都是通往精神银行的入口，绝不存在别的可能！如果有也只是发生在电影里。但这不是虚构的故事。所以呢？所以这个警示更多的是针对我们内心的某种东西，是它使这个入口险些关闭。问题就在这里：它究竟是什么？我觉得是‘恐惧’。总的说来就是一种障碍——也许是最可怕的障碍，更确切地说，它阻碍了我们通往精神银行的直觉。我们不再完全敞开心扉接受爱，害怕受到伤害而陷入痛苦。我们总是错失真诚倾听他人幸福所带来的喜悦感，唯恐自己在某方面不如别人。恐惧使人失去善念，阻碍了我们心中的良善，让我们变得不正常。它使我们变得残忍或陷入可怜又可鄙的境地。想想当你看见黄蜂时的行为，就是简单的例证。恐惧是一种不和谐的感觉，在二十一世纪的今天，人们不但没有摆脱恐惧，还任它四处横行。它无处不在，成为无休止的或真实或虚构的暴力，好像是完全稀疏平常的东西。而更糟糕的是，人们还主动追求恐惧感，并以此为乐。实际上恐惧已成为一种困扰。正如你从一个绿头发朋友的表演中所听到的：‘唯一挡在我们与梦想之间的东西就是恐惧。’而且，梦想也是精神银行的资产。当然，我所说的梦想并非物质层面的。总之，对我来说，那就是我们梦中出现那些动物的原因：它们的任务是向我们展示恐惧对我们通往精神银行有多大的阻碍。所以，到最后，当恐惧逐渐在空气中消融，我们作为大自然的一部分，也开始与它们和谐共存了。这就是这个信息最可能告诉我们的。”

“所以梦中出现的都是危险的动物。啊哈……这听起来也合乎逻辑。”

“但这不是我们所理解的那种逻辑，”缪果马上纠正道，“不是理性的逻辑，而是大自然的逻辑，正如古代哲学家所认识的那样，大自然是和谐的化身。仅仅几百年前，它与自然选择被冠以同等的地位——自然选择即丛林法则！大自然被看成是本质美好的东西，追求良善，把实现良善作为它的主要目标。据说在很久以前，人们与大自然极度和谐。你还记得他们在婆罗洲岛发现的那片区域吗？在此之前没有人类踏足过此地。”

“我当然记得，”安娜眼睛一亮，回答道，“那里有人们完全不知道的动物……它们令人惊叹。”

“难道不是吗？！你还记得它们是如何朝人们走去并接近他们的吗？它们对人类完全信任。也许从前就是如此，这是很自然的事，而我们，唉，后来总会想方设法把事情搞砸。就像对其他的美好事物一样。”

缪果叹了口气，悲愤至极，沉默不语了。然而，安娜没等妈妈抒发完情绪就立刻将她拉回了主题：“而人们梦中那些不同的动物……我有一种感觉，它们的出现不仅是因为我们每个人都有恐惧感，我觉得还有什么别的原因……”

“没错，”缪果回答说，“现在准备好听一件你意想不到的事吧。”

安娜竖起耳朵听着。

“我们假设精神银行真的不只有一个具体的入口。但是它更可能有具体的守卫。是哪种动物充当这个角色我们不得而知，或者说至少我们不可能很快知道。这种情况并不是偶然的。关于是哪种动物这个信息我们无从知晓，这是为了以防不慎落入坏人之手，将那些动物全部杀害。”

“杀害？”安娜惊愕地说道，“但是谁会想杀它们呢？”

“嗯，我们不得不讲坏消息了，我们无法逃避，”缪果故意停顿了一下说，“答案，简单地说就是：反自然。”

安娜的脸上画了一个更大的问号。

“我知道你会说这听起来太泛泛了。你会问这是什么意思，”缪果说，“但是这很简单，如果说大自然是指和谐与创造，那么反自然的意思就正相反，是指不和谐、破坏和混乱。让我们来面对它吧，那些也是强大的力量，尤其是在短期内！不幸的是，也有一些人专门做这样的事。通常来说，他们是‘没有小矮人的人’。你还记得吗，就是那些失去自我的人。他们失去了与大自然联系的自然纽带——即他们的良知和对良善的感知力。他们只考虑物质的东西，或者只想拥有权力，以使他们感觉神圣而不可侵犯，仿佛自己就是上帝一样。事实上，反自然的目标是要把我们全部变成这样的人——没有灵魂、没有良知。谢天谢地，从长远看大自然要强大得多。但是它仍然可能发生，并且正与精神银行有关：就是当处在我们灵魂深处的精神银行的入口即将关闭的时候。这种令人悲伤的可能性，唉，有一部分已经成为事实。这听起来可能有点陈词滥调——今天的抗争是为了拯救每个人的灵魂。确实是这样！还有一个真相就是，我们肩上的责任难以估量。这是一个大问题，因为，无论是有意还是无意，我们极易成为反自然的帮凶。”

“但这太荒谬了！”安娜疑惑地说，“我们为什么会那么做？又是如何做的呢？”

“哦，甚至不需费一点力，”缪果苦笑道，“只是放任自己接受坏念头，有时候这些念头似乎并没有什么危害，却正好挡住了通往精神银行的入口。或者我们自己产生了坏念头，这是最糟糕的。但是大体上来说，产生破坏不需要多少力气，也不需花太长时间。”

“那么您最后要告诉我那条坏消息了，是吗？关于那些恶念之源？”

“你知道，”缪果回答，“我宁愿不是我来告诉你。”

“那谁来告诉我呢？”

“嗯……你的祖母？”

“什么？！”安娜惊叫道，“我们不是要去招魂吧，对不对？”

“当然不是。”缪果笑着站了起来，“跟我来。”

然后她领着安娜来到了起居室，朝一个储物箱走去，那里珍藏着她们全家所有的珍贵物品：漂亮的手工桌布、至少有一百五十年历史的长袖衬衫、二十一世纪后拍的照片、安娜祖母的大本插图圣经——这是一个特别的版本，也同样年代久远了。

安娜的妈妈打开了储物箱，它本身就是一个二百多年的珍宝，它有一个弧形的盖子，周身都是橘红色的铸铁。她把手用力往箱子里面伸，显然在一层层地寻找什么东西，最后拿出了几本黄色的笔记本。

“给你。这些是给你的。”她把其中的两本递给了安娜。

第一本上写着：1号笔记本；另一本上写着：2号笔记

本。这些字是祖母的笔迹，安娜从不会搞错。这些字漂亮圆润，大小均匀，就像一串串珍珠，或者是小孩子的脸，似乎先被一一拍了照片，然后按比例缩小，刚好放进整齐的格子里。

看到这些字，安娜的眼中立即涌上了一股泪水。不仅是因为这使它想起了祖母，还有另一个原因。当她第一次翻开那本圣经的时候，她看到就在标题前面的几页上分别记录了两件家里发生的大事。有两段文字，一段记录了她的姨妈去世的事，另一段记录了她父亲去世的事。记录日期都是在他们去世当天！她的祖母究竟需要多大的力量才能做到？！在那不久之前，她把自己的第三个孩子过继给了姐姐，而她先前已经失去了唯一的孩子。街坊的每个人都叫她“妈妈”（Mom），奇卡妈妈（Mom Tsika）是她的简称。甚至从她十岁之前人们就开始这么叫她了。她小小年纪就对他人关怀备至，所以这个名字就一直保留了下来。她七十六岁的时候一只眼睛完全看不见了，这一年安娜出生了，她是家里最后出生的孩子，也是唯一一个孩子。祖母离世的时候差不多有一百岁了，离世前一直头脑清醒，还像平常一样手里拿着一本书。这也许就是安娜为什么对年龄没有感觉，她总是纳闷为什么人们会说某人“老了”。

当眼前的迷雾终于散去，安娜在妈妈旁边的柜子上坐了下来，这是她从小最喜欢的地方。她战战兢兢地打开了1号笔记本。第一页上写着：

亲爱的安娜：

当你看到这个的时候我已经不在世了。我不可能还活着，因为到那时我已经一百多岁了。所以，你不必难过。而且，尽管你看不到我，我却一直在你身边，我们当然也可以说说话，但只能在梦里啦。

当你长成大姑娘的时候，你妈妈会把这些笔记本都给你。我确信，随着时间的流逝，你会自己弄明白我跟你说的每一件事，或者大部分事情。如果你已经明白了这些事也没什么奇怪的。总之，我还是觉得我要把这些都告诉你。这是我对你的责任，因为你是我唯一的孙女。因为这些是你一定要知道的事情，也是所有人都要知道的事情！

我确信终有一天每个人都会明白这些事的真谛。就像你妈妈常说的，不存在别的可能。

永远爱你的祖母

奇卡妈妈

“实际上，”妈妈的话音传来，“你会在第二本的末尾看到我给你这些笔记本的原因。但是你看下表：现在已经很晚了。也许等你回来时……”

“好的，好的，当然可以，”安娜把目光从书上移开，赞同地说道，“我们先大致浏览一下。”

然后她翻到第二页。这一页的顶端有一个标题——小矮人。看到这个，安娜简直惊呆了！下面这样写着：

亲爱的安娜：

不是在其他遥远的星球上，也不是在很久很久以前，而是就在这个地球上，人们都有或曾经拥有自己的小矮人，他们跟自己长得极像，就像照镜子一样。只是很少有人知道而已。大部分人总是匆匆忙忙、琐事缠身，根本没注意到小矮人的存在。而且，他们也太小了，还不到四英寸高。

当然，小孩子就不像成年人那样了。他们很自由，不会一直考虑金钱和账单的问题，所以他们可以看见他们的小矮人。你知道小孩子为什么那么开心吗？正是因为他们从不孤单，因为总有人陪他们玩。而且，他们知道耍手段和说谎毫无意义：你可能骗得过成年人，却逃不过小矮人的眼睛。然而，当我们长大以后，我们便陷入了虚荣和贪婪之中，它们蒙蔽了我们的双眼，使我们看不到自己的小矮人，并将他们忘得一干二净，好像他们从未存在过，只是儿时的一个梦而已。只有当我们为自己感到羞愧时，才会隐隐约约想起他们来。

安娜的目光一直在字里行间中流连，她轻轻抚摸着它们圆润的脸庞，如饥似渴地品读着每一个字句，仿佛听到了祖母的声音。祖母的声音与小矮人的声音交织在一起——她们跟她说的都是同样的内容，完全一样。

他们是最清晰的“镜子”——因为他们不是普通的镜子，不仅能照出我们的外表，也能照出我们的内心。所以只有当我们再次“遇见”我们的小矮人时，我们才能真正认识自己，才能透过面具看见真正的自己，那些面具如此精致，以至于有时候我们完全忘记了它们背后的样子。近距离观察小矮人是我们回归自我的一个良机。

“这是不可能的！”安娜一口气读到了这一页的结尾。

“那你为什么这么想？”妈妈耸耸肩说。

“嗯……为什么……祖母？！”

“你觉得我们没有发明时光机，是吗？！而且，我告诉过你她知道小矮人的事。在纽约的时候……我差不多可以确信地说。”

安娜已经翻到了下一页，完全没听到妈妈说什么。这些标题、这些字眼，她太熟悉了。全部熟悉！收集魔力单片眼镜、爱的磁铁、小矮人以思维的速度进行太空漫步、放大镜、太阳能量桶、无家可归的小矮人。

然后，她打开了2号笔记本。第一个标题是：第二道门。

然而，这次安娜没有感到吃惊。完全没有。如果说有什么事让她吃惊的话，那就是她内心充盈着平静的感觉，这感觉只持续了短短一秒钟。仅仅一小会儿之前，她还感觉自己的真实情形或是时间本身，好像交织在一起，不同于虚构的小说，但也不是不可能！

“有点像无穷尽的俄罗斯套娃！”一个想法在她脑中闪过。不管怎样，现在这个新情形对她来说不再匪夷所思、不同寻常。恰恰相反，简单地说，她心中又一个无形的窗帘被拉开了，就在她的内心世界里又多了点斑斓色彩，又多了些深刻的感悟。这种神奇显然不会消失，太棒了不是吗？！

安娜满面笑容，继续一页页地翻看，眼前突然出现一个个熟悉的字眼：直觉力、动物对大自然波长的感应。

然后，还有一个标题是：精神银行。翻到最后她看到……啊，在这里！恶念之源。

安娜叹了口气，唉，很显然，她也要度过这一关，但是她看到妈妈手中还有一个更厚的笔记本，所以那条坏消息应该不会是最终的结局；最可能的是会有更多的消息，这之后会是好消息。实际上，缪果常常跟她这么说，不是吗？！就在她们跟那些猫在一起的时候说的。

“不存在别的可能！”这句熟悉的话像咒语一样开始在她脑中回荡。

笑容重新回到了安娜的脸上，她抱着这些笔记本依偎在妈妈的怀里。就这样，她们三个人又在一起了，好像时间仍停留在十几年前。安娜闭上眼睛，打开了记忆的大门，走进那难忘的时光，她竭尽全力地努力回忆，以免有什么又把她拉回现实。她如此开心！她们如此开心。

就在此时，精神银行的“指数”显示它的资产已经迅速飙升了。

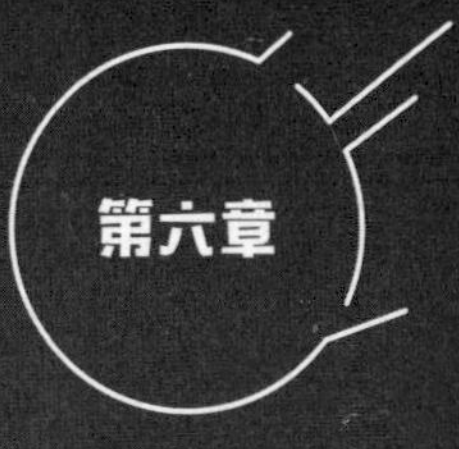

另一条消息——恶念之源

安娜已经很久很久没有这么匆匆地往家赶了。当天深夜时，她终于拿起了2号笔记本坐了下来，在她翻开的那页上面写着：一条“坏”消息。她已经给它重新命名为“另一条消息”。因为她内心里对“坏”这个字很排斥。而这并不是大众意义上的“否认”。不是的，她只是有种感觉……然后她开始满怀希望地读起来：

亲爱的安娜：

当我还很年轻的时候，发生了一件事，这使我第一次直面一个巨大的秘密。这件事本身听起来可能很无趣，但是你一定要耐心地看到结尾。

当时我和你的祖父刚刚订婚。我们开始一起参加聚会，有一次我们遇到了我以前的一个同学，据我所知她爱你的祖父，而且他们一家都非常希望他们能结婚。她开始跟他聊天，并且看了他一眼，我觉得这一眼非同寻常，而他只是出于礼貌地回应了一下。

然而，他只是出于礼貌吗？他的目光中是不是还有别的什么，他的声音中是不是还有别的什么？就像她的目光一样别有用意？

我脑子里一直想着这些，所以夜里就醒了过来。实际上好像是脑子里的这些东西把我叫醒的。好像它们就待在我的床边，一直在那吵个不停，一直推着我——只是为了把我从梦中推回到“丑恶的、残酷的”现实之中。而且，它们还让我有更多类似的想法。很快我就不再一直问自己那些问题了。我对此已经确信无疑了。

之后我一晚上都没合眼。

第二天早上，我需要做很多家务，几乎把这些疑虑忘记了。傍晚前你祖父来找我出去散步，当时我已经完全平静下来了。他还是像往常一样温柔体贴，当我们走到公园中心时，我们遇见了那个女孩和她的妈妈。我们聊了几句，他吻了她们的手，又仅仅是出于礼貌而已。但你可能已经猜到那些“礼节”对我来说意味着什么了，不是吗？而且，最重要的是我看见他们眉来眼去了！这是百分之百的证据！

那天晚上我完全无法入睡。

一连串的想法争先恐后地向我展示这个铁的“事实”。我好像是一个背后装着发条的机械娃娃，那些想法不停地转动发条让我越想越多、停不下来。我开始想象可怕的事情：他们两个互相亲吻、我们解除了婚约、他和她结婚了。我简直怒火中烧。他怎么能这么对我！然后我觉得自己充满了恐惧，要是我失去他怎么办？然后我又开始怒不可遏。我全身发抖，泪流满面，那些想法一直转个不停，向外喷涌，朝他们扑去。我像疯了一样狂跑，都能听到两旁呼呼的风声，然后我像一个被激怒的人一样向他们猛扑过去，站在他们中间，要把他们分开，并不停地破口大骂，我甚至想象自己扇了他们俩的耳光。

这些现在说起来很可笑，但那时候我深陷这些想法不能自拔，相信我，我那时真的是病得不轻。每天晚上我的脑子里都会上演同样的故事情节，不一样的是总有“更可怕”的细节不断为这个故事添枝加叶。而白天的时候，我总因为一点点小事就大发雷霆。我不再是原来的我了。原来的我极其平和、内心安宁。而此时，我的灵魂就像一个被强盗翻得底朝天的房间一样一团混乱。

最后我再也无法忍受这种心理负担，在朋友的肩上大哭起来。

“哦，就是这些事吗？！”她松了口气大叫道。她一直搞不懂我那段时间是怎么了。没想到，她马上说这件事再容易解决不过了。

这个“解决办法”原来是求助于介于占卜者和魔法师之间的这样的人，我的朋友认识这个人，说她会解开魔咒，如果说那个情敌真的给你祖父施了魔咒的话（当然，我们对这个“如果”确信无疑），而且还会给他施一个新的魔咒，这样他就再也不会看其他女人了。

我以前从来没有找过这样的“专业人士”，而且我也知道，如果你相信上帝，就不应该这么做。但我执意认为，我就像一个溺水的人，终于抓住了一根救命稻草。第二天，我来到了那个女人的家。

那里的陈设没什么特别，只是一个普通的房间，角落里摆着一张床，中间有一张桌子和四把椅子，桌子后面有一个火炉。桌子上放了一个装着橄榄油的玻璃瓶、一本巨大的皮面书、几把药草、一块铅、一把木勺、两个搪瓷碗，其中一个是空的，另一个装满了水。

这个女人请我坐下，把那个空碗倒满了水，在我对面坐了下来，然后开始向另一个碗里一点点地倒橄榄油，头也不抬地说："我知道你为何而来，女士。我一定会帮你，但是，我还要做两件别的事……好，我们开始吧！"她显然打断了自己的思路，指着水面上浮起的油花说，"我知道了！你中了很厉害的魔咒……它的魔力超出了其他一切力量，所以……"

她停下来不再说话，不再倒橄榄油。短暂停顿之后她探寻地望着我，然后继续说："所以我建议我们也给那个女孩施一个魔咒。只是为了以防……"

她说出这个荒唐的提议时，另一只手去拿那本书，她打开书，从里面拿出三张照片，一张是你祖父的，一张是那个女孩的，一张是卑微的我！那一刻我困惑又惊恐。

绝对不行，这些照片是怎么到这来的？！抵触与惊讶的情绪在我脑中冲撞在一起，让我顿时失语。

“那好吧！我们不一定要这么做，我只是建议……”这个女人没等我开口反对就连忙说道，她显然已经从我的表情看出来我的想法了，“那么跟以前一样，那个女孩什么事都不会发生。”她甚至觉得我惊恐的样子很可笑，“我等下会跟你解释这一切。在此之前，我要做另一件事……来吧！赶紧回过神来吧！给你这些照片，冷静一下。”她把照片推过来给我，头向后靠了靠，然后半闭起双眼说，“听好啦！我要给你占卜未来了。因为我听到了很多声音，我得到了很多信息。”

现在她的眼睛完全闭上了，脸上流露出惊喜的神情，甚至有点欣喜若狂。

“我很久没有遇到这样的事了。”她低语道，“是的，是的，没错。这太让人难以置信了！”

然而，我刚来时的那种狂热劲儿已经消失了。她的提议和这些照片在我脑海里挥之不去。但是这并不能怪罪于她。我忽然意识到，这是我自己的错！是我来向她求助的，不是吗？！我觉得羞愧至极，真希望有个地缝钻进去！然后我心里念叨着："我的上帝，原谅我吧，上帝！原谅我这么愚蠢跑到这里来！"

突然间，这个女人停了下来，手剧烈地抽搐，打翻了旁边的橄榄油玻璃瓶。她下意识地把它扶了起来，却完全没理这事，而是低下头，皱起眉头，紧绷着脸，好像在努力地听什么东西。她整个人看起来极度沮丧，好像无数个声音在说："到底是怎么回事？！"

她又沉默了一会儿，然后睁开眼睛，尴尬地说："我不知道是怎么回事，女士。我之前能听到很多事情，而现在好像有一个帘子挡在我前面。嗯，我从来没遇到过这种情况！"

又过了几秒钟，她显然还在期待刚刚熟悉的情形再度发生，然后她耸了耸肩，甚至更加尴尬地看着我，展开手臂做出爱莫能助的姿势说道："抱歉，真的很抱歉，我没有办法给你占卜未来。我知道，你没有让我这样做。是我提的建议。但是，问题不在这里。我似乎也不能达成你来这里的目的。”现在她又惭愧又尴尬地看着我说，“对此我深感不安。但是我就是做不到。一定是发生了什么事。钱还给你。”

她从口袋中掏出我一开始给她的钱，然后把胳膊肘倚在桌子上，揉起太阳穴来。

“毫无头绪……不知道是怎么回事！”她困惑地不断重复着这句话，只是自言自语，似乎完全忘记了我的存在。

然而，我知道是怎么回事。一开始我跟她一样沮丧。然后我就一直观察她，听她说话，但是我更是在观察自己的内心，我惊喜地发现了它的变化：我内心的“画面”和它变化的速度简直令人惊奇。

这个奇迹令我欣喜异常，最后使我离开了这个地方。我奔向离我最近的公园，靠在一棵迎着阳光的大树上，闭上了眼睛。我的心狂跳不止。但在我的灵魂深处，再也没有任何混乱不堪与紧张不安了。就像电影的胶带被倒了回去，盗贼把一切都放回了原位一样！我内心的宁静、我之前拥有的宁静内心又回到我身上来了。我觉得它流淌到了我的全身，塑造了这个世界，塑造了我自己，就像从前一样。同时，我觉得这种宁静略有不同，它也让我有一点点不一样了。我不再是那个平静无澜的湖泊，周围绿树成荫，也许正因为如此，它总是闲适恬静。此时，我更像一个清新的早晨，能量充足，时间充裕。直到那时，我才想到令人如此愉悦惊叹的能量只能来自于大自然之中。现在我意识到我们也拥有这样的能量，整个人都兴高采烈起来，就像一个在街边欢跳的小孩儿。

只是一个想法，仅仅就这么一个想法，是造成这一切的根源！它是这一切奇迹的根源！否则还有什么能解释占卜师所遇到的阻力，还有我内心发生的蜕变？！

但是，我对自己说，难道不是那个想法驱使你去那里破解魔咒吗？！然而我立即意识到事实并不是这样，因为一个想法并不是孤立存在的，它会引发一系列其他的想法。那么这些想法到底是什么！我脑子里乱成了一团！

当我意识到那些想法的本质时，我不禁想起了我的祖母，终于明白为什么我没有像往常一样去跟她说我的事了。

接下来，我要为这个不光彩的故事“附上”一个圆满的结局。

我没有去找祖母的原因是我知道她会是什么反应，她认为有些无形的、邪恶的东西总在我们周围盘旋，等到我们精神崩溃时就会立即乘虚而入，扰乱我们内心的宁静。它们以我们内心的宁静为食粮，同时还乐此不疲地看着我们折磨自己。她过去常常这样说，甚至还说它们是用什么锅烹煮的。“醒醒吧，我不是跟你说过吗？！”她会这样说，会对我完全无法记起生活的“真相”而气愤不已，“你根本不应该让它们跑进你的脑子里！”她会用坚定的语气这样反驳，仿佛对世界上的一切都了如指掌。而且，考虑到当前的事由，她会认为这是一件关乎家庭体面的事，不能向那些恶魔屈服。她会勃然大怒地责怪我，说我怎么能这么脆弱，难道不觉得羞愧吗？拥有这样一个愿意为我献出生命的男人，竟然不信任他……最后，她也许还会严肃地继续说下去，除非我能重新振作起来，她会好好地教训我一通，最终把我拉到正确的轨道上来。在她看来，这样这件事情才能算完。

不用想你也知道，现在我需要告诉你那时候我是如何意识到祖母是对的。远远不止这些！当然了，她说起话来有点啰唆老套！

但是……但是我很入迷！因为有一个巧合，就是这个“道理”中的一个细节。“有两个洞，”祖母又用她那古老的方式开始说，“能让愤怒与恐惧溜进我们的大脑。如果从里面把这两个洞堵上，那些恶魔就会被饿死！如果其他人做不到这一点，至少我们不应该为他们提供食粮。”

到了有意思的部分了！我现在完全意识到这一点了，在那些痛苦的日日夜夜里，所有的痛苦都被归结为（或来自于）愤怒与恐惧。我的想法都源于此，别无其他原因。

我觉得我意外发现了一个秘密的轨迹。我重拾信心踏上了这条轨迹。不用说我再也不怀疑你祖父对我的爱了。然而还有一件事也让我从此深信不疑，那就是思想的巨大能量。

但那正是奥秘所在！简单来说就是为何善念与恶念的表现方式如此不同？比如说，为什么善念能创造奇迹？而又是为什么恶念会不断增多，就像自动的一样？

你知道，这个地方的街邻常常来找我诉说他们的难题。我会聆听他们的故事，给他们提些建议，而在我心里，我不禁有个疑问。同样的故事总是一次又一次地上演：由于愤怒和恐惧人们会做出愚蠢和鲁莽的事情来，他们不再像以前的自己了。他们会摔碎碗碟，会伤害他们所爱的人，而如果此后他们仍然生活在一起，那主要是因为时代的观念，这与我们现在的情况极其不同。当然了，爱情也是个原因。那些被伤害的人有时会尽力容忍谅解对方，但并不总是这样。所以，最后成为最大受害者的便是爱情。

另一方面，在这件事之后，我自己好像对那两个东西产生了免疫力……我叫它们什么好呢？我想最准确的字眼应该是“瘟疫”，愤怒与恐惧这两个“瘟疫”。可以说，它们已经离我而去，并没有触及我的灵魂。我也努力帮助其他人，希望他们能意识到怎样才能获得内心的宁静。唉，可除了暂时的安慰，我几乎什么也帮不了他们。

但是，听了他们的故事让我觉得自己仍然走在这个秘密的轨迹上。而且，我们周围这个世界就像一个回声在反复强调，反复大声疾呼：愤怒与恐惧，愤怒与恐惧，所有苦恼的源头。没有了人类面孔的人类们都是愤怒与恐惧所致……

是的，事情很清楚了。但是在那之后接下来会发生什么呢？我觉得我在兜圈子。

我花了很长时间才意识到那些原因。但奇怪的是，还是我祖母的“道理”给了我启发！我经常会想想她说过的话，然后就会大笑起来。毫无例外！但是，有一天，我突然明白，正因为她对愤怒与恐惧源头的描述听起来滑稽可笑，让人难以置信，所以我才完全不愿意去想是否真的存在这个源头，它又是什么。

当我意识到这一点的时候，那一团乱麻立即一一解开。最后我“看见”了这个秘密，或者说至少我自己是这么认为的。

我不确定你读了这些会是什么感受，我希望不要像我那时候一样。但是这不是一个普通的秘密，它是破坏性力量的秘密，或者像你母亲常说的，反自然的力量。那些力量确实存在，但是它们并不像人们平常描述的那样简单。坦白地说，我甚至怀疑那些古老的描述也全然不是巧合。看看它的成效！我们要么把它们当成奇闻轶事不予理睬，要么因为恐惧而变得愚蠢……也就是无论在哪种情况下，我们都没有去想那些力量到底是什么。反自然就是，我尽量用现代的词汇来说……嗯……制造负能量，也就是制造破坏。

然而，下面这点很重要！破坏不同于良善，并不是天生的。反自然的力量想要造成破坏力，或者说，想要显现出它的力量，就需要我们的帮助。它依赖于我们，依赖于我们是否愿意沦为它的工具。它得逞的途径就是等我们自己产生坏想法和破坏性的情绪，如愤怒、恐惧、嫉妒……

你要知道：这是我们日常生活中的巨大考验。因为想法本身对我们并没有什么害处，因为它们是无形的，那么它们是好是坏有什么关系呢？！而前面提到的坏情绪在我们看来也很正常，毕竟我们是人，不是吗？！

这两种看法都不正确。想法是非常强大的东西，它们是一种能量。无论好想法还是坏想法都是如此。有什么能量是真的能够看得见摸得着的？！对于破坏性的情绪，我敢说，它们不是那种我们不可或缺的东西。

人们之所以会那么想是基于一个谬论：我们生而脆

弱，是人都会犯错。这是一种欺骗，是一个谎言。而这也是那个秘密的一部分，因为它可以用来为最恶劣的行为进行辩护。我们必须要控制情绪、克服恐惧，但我知道这说起来何其简单，做起来何其难。但是，相信我吧，困难恰恰来自于这个“谬论”，因为几百年来我们一直被反复灌输这个思想。

我并不是说我们这样就可以完美无瑕。

没错，是人都会犯错，但仅限于跟身体有关的事。当身体疼痛时，我们很脆弱，对此毫无疑问。至少我们大多如此。

但这是因为我们的力量藏于我们的灵魂中，藏于我们的思想中。在这一点上我们没有理由犯错！因为我们生来就与良善、爱和大自然联系在一起。换句话说，与上帝的一切联系在一起。至少，作为一个信仰上帝的人，我是这么认为的。

为什么我们生来就会遗忘、忽视这一点，甚至嘲笑这种看法“已经过时”了？这个看似无害的“道理”对我们的弱点有着“独特的理解”，它的目标不只是让我们不再相信上帝，更重要的是让我们忘记上帝就在我们心中，让我们最终精神崩塌。

因为一旦我们相信精神上的弱点也是我们的天然本性时，我们接下来就会有理由对自己创造的负能量推卸责任。换句话说，我们欣然移除了能够阻止那些破坏性情绪与坏想法的内在屏障。

而那些坏情绪、坏想法并不是我们自己的——我们生性本善。事实上，它们从来也不完全属于我们。

恰恰相反：它们一旦征服了我们，我们就属于它们，被它们控制了。尽管外表是一样的（或者说几乎是一样的。比如说，你知道一个人生气的时候会变得让人认不出来），实际上我们不再是原来的自己了。

我们变成了恶念之源，也就是变成了小小的负能量制造者。我们变得……只像半个人了。我们也因此不再善良；因此充满了攻击性，随时会制造破坏。而我们也确实常常如此。首先遭到破坏的是我们自己，是我们的正直本性；然后便殃及他人，尤其是我们最爱的人。甚至不知不觉间将我们的消极情绪传染给他们。因此，失去了我们内心的和谐，也是我们最大的能量，我们也就开始毁掉我们周围的一切了。我们毁掉了爱，因此也就毁掉了世间的和谐，毁掉了整个大自然的和谐。这就是你想要知道的：这就是破坏力如何破坏我们生活的整个过程。

简而言之，没有我们的帮助反自然的力量毫无杀伤力。从这个意义上来说，它实际上是个寄生虫。

所以说这就是那个秘密。它应该被每个人知晓，否则的话，我们就会无意中，甚至是有意地继续充当破坏力的帮凶。这就是祖母想要告诉我的事，也是我想要告诉你的事。

我恳求你记住一件重要的事：我们没有任何借口，我们有能力阻止它发生！我们也有能力促使它发生，所以要有意识地去制造善念。你知道一个真正和蔼可亲的人会让我们充满正能量，他们不是那些戴着假笑面具的人，而是那些真正散发爱与宁静光芒的人。我们都可以做这样的人。想象一下那样的话会发生什么奇迹！想象一下那样的话世界会变成什么样子！

所以，我亲爱的安娜，尽管我这封“信”的标题是那样的，但我想告诉你的比这更有意义：那就是所有想法的源头。产生什么想法完全取决于我们自己，相应地释放什么能量也取决于我们自己。换句话说，你可以回头把那个标题中的“坏”字去掉。那个标题没有资格放在那么突出的位置。我是故意把它放在那里的。你可以把它勾掉，如果你觉得值得这样做，或者当你觉得值得这样做的时候。

我爱你！

你的祖母，奇卡“妈妈”

这本笔记写到这里就结束了。安娜向后靠在椅子上，向左边看去。离她大约两英尺的墙面上挂着他们的家庭照片。

墙上有四张照片，其中一张照片里的祖母正看着她。这张照片里的祖母当时还是一个小女孩，她穿着一条白色领子的裙子，是和她妈妈一起拍的。下一张的祖母长大了些，是张单人照，她穿着一套正装，戴着一顶插了一根羽毛的羊皮帽，半侧着坐在一张宽大的椅子上，胳膊倚在上面，一副庄重的神情。还有一张照片也是在同一个摄影室拍的，显然也是同一天，但是拍的是另外一个侧面，而且是站着。第四张照片是她和祖父的合照，当时他们已经结婚了。他们两个都站着。祖父手里拿着一顶圆顶高帽，还拿着一根手杖。祖母穿着长及地面的黑色紧身羊毛套裙，戴着一顶漂亮的宽檐帽，头略微向祖父倾斜，似乎是为了显示男尊女卑的传统观念，而双手放在背后，一副“女主人”的架势。他们当时非常年轻，但是祖母心里已经有个小女人在作怪了，安娜非常熟悉这个女人。这个女人和缪果还有其他祖母给了她无尽的爱和安全感，使她像一个童话里的小女孩儿一样在这个大千世界里无忧无虑地生活。她们总期望她会遇到好人，总希望当她需要帮助时，就会有人自动出现来帮她。而这确实发生了，一次又一次地发生了。至少迄今为止是这样！就好像挥挥魔法棒一样简单。正如俗语所说：“它总是在恰当的时间发生在恰当的地点。”

然而，最近安娜开始觉得祖母说的那种“上发条”的感觉越来越经常出现了：她会在半夜醒来，脑子里想的东西挥之不去，然后接下来的日子里她的内心一直无法平静下来。起初，这种感觉就像在做梦，她好像是一个火车司机，刹车失灵了，不可避免的事就发生了，火车脱轨了。她感觉极度痛苦，极其无助，然后就是愤怒，最后只有愤怒逐渐在她心里蔓延，将她吞噬，最终把她变成一个全然不同的安娜，丑陋而恶劣。她总被自己随后说的话吓到，就好像是一个陌生人借她之口说出来的，仿佛她就是一个操纵在别人手中的木偶。她感觉自己又回到童话故事中了，但这是一个可怕的童话故事：无论她多么努力地想把操纵者赶走，多么想变回原来的自己，不大发雷霆一通是做不到的。但如此的话她心里的愤怒毒药就会洒到她所爱之人的身上，更确切地说，是“倒在”他们身上。这个毒药当然也不是她的，但正变成她的。这些愤怒的毒药黏糊糊的，肆无忌惮地流淌，只为一个明确的目标：不把他们征服誓不罢休。只有到了这时候，安娜才会“睁开”双眼，好像忽然间清醒了一般，然后看到自己造成的后果而目瞪口呆。她会对发生的一切完全困惑不解，当然，她也会后悔、哭泣，并且极力弥补自己所造成的伤害。然后她会向自己保证再也不会发生这样的事了。然而，它还是会发生，一次又一次地发生。令她恐惧！所以她向上帝祷告时，不再乞求宽恕，而是乞求上帝再给她一次机会。她求了一次又一次！从此以后她会好好地对待被她伤害的人。

没错，祖母说得对极了：破坏力就是这样发生的，而且破坏一旦开始就很难停下来。

安娜站了起来，靠近第二张和第三张照片仔细端详着祖母的脸。她说的那件事是这时候发生的吗？也许不是！因为，在和祖父一起拍的那张照片上，她看起来很不一样。强大了很多，毫无疑问！因为她身上散发着一种智者才有的既谦卑又坚定的气息。

安娜记起战争时期关于无弹手枪的一件事。这把枪放在祖母的手袋里，当时她带着她最大的孩子，虽然这个孩子只有七岁，对她来说却是一种依赖。她雇了一辆马车，想去村子里找点食物。她的丈夫正在前线打仗，所以她别无选择。刚走出一片田野，马车夫就把车停靠在路边，让他们下车自己走。他已经收了往返路程的费用。祖母早有预感，所以她随身带了武器，当时她毫不犹豫地将手枪指向马车夫的后背。当然，马车夫并不知道枪里没有子弹，所以一句话也没说，就载着他们去村里了，然后再送他们回家。他们拿到了食物，而且毫发无损。

她是什么时候变得如此强大的？安娜想着，然后怅然若失地叹了口气。

那么说，她至少已经在一方面有所进步了，就是那种“预感”。毕竟，她已经感觉到这个消息将会“有所不同”，不一定是“坏”消息，尽管几小时之前那些恶念之源把她吓得不轻。

“缪果可能是对的，似乎我的直觉力并不差。”她自言自语道，又回到椅子上，重新拿起祖母的信来。她翻回到标题那页，用铅笔把那个字划掉了，然后冲墙上的照片神秘地笑了一下，合上了2号笔记本。

然而……

“我的天哪！你是怎么了？”安娜大叫道，因为她第二天一大早就看见缪果满脸焦虑与窘迫，看起来很紧张。

“没什么！没什么，真的！我好极了。”缪果想努力地笑一下，但笑不出来。

“如果你很好，那到底怎么了？发生了什么事？”安娜追问道，而同时她脸上也充满了焦虑，面部表情变得紧张起来。

当然了，安娜的这个变化没有逃过妈妈的眼睛，缪果随即后悔不该显露自己的情绪，就这样驱散了满屋子像孩童般睡眼蒙眬、宁静安详的快乐氛围。这种感觉随着安娜一起进入了这个房间。

我得振作起来！缪果在心里念叨着这句话，平常她都是说给女儿听的，而这也突然让她自己高兴起来。我们常常假装自己是成年人，以匹配我们不断成长的躯体！然而，既然这样的话，我们不能只是演演角色而已。唉！她们已经到达了那条绳索桥最难走的部分了，她们在不久前的某一天开始了这个冒险，她们脚下的深渊在不断摇晃，而现在她得领着女儿走过这一段路了。她对女儿的爱要求她这样做！尽管她本身并不知道她到底应该怎么做。到目前为止她已经有了很棒的帮手：法兰克福的棕色小狗、“她们的”猫、安娜梦里的黄蜂、婆婆的笔记本。但现在她得自己上阵了，而且她再也拖延不起了。

“没发生什么事。”这次她的回答听起来更令人信服了，“我们只是要继续我们的谈话而已。我要告诉你更多的事情……非常重要的事情，而且……并不是所有事情都是好事。”

“这些事还没完吗？”安娜瞪着眼睛说道，“你说你要让祖母告诉我那个坏消息的，不是吗？”

“我确实说过。而且我看得出读了祖母的信让你平静下来了。但那并不是这个坏消息的结尾，”缪果谨小慎微地说，“我不希望你自欺欺人。现在事情完全不同了……”

“这么大变化？！在这么短的时间内？”安娜困惑地说道。

“实际上并不是那么短的时间。首先，你祖母恰好在去世前写了那些信。但更重要的是，她那一代人，或者更确切地说，对他们那样经历过两次世界大战的几代人来说，那些事情仍然是无法比拟的，而且他们有充分的理由这样想！所以你祖母总是经常提到愤怒和恐惧。并不是说我们已经克服它们，而是……”

“哦，我竟然不知道！”安娜低下了头。她并不想继续深入讨论愤怒这个话题，她对自己的脾气感到羞愧，她妈妈常常目睹她的坏脾气。然后，她自己也感到意外地说：“然而，你说起战争的事让我想到了一件东西。稍等一下。”

她朝书柜走去，好像受到某个完全没有敌意的人的指引，甚至不是外人，从她心里的某个地方，从她身体里的某个地方，柔声细语地告诉她应该做什么。当她的眼睛在书架上四处搜寻的时候，她才意识到这个“某人”在寻找什么，而这个“某人”更确切地说，是她自身另一个无形的、模糊的部分。然后她喃喃自语道：“它们在哪呢？它们在哪呢？”

“什么在哪？”妈妈困惑不解地问。

“啊，他们在这里。”安娜把埃里希·凯斯特纳的《雪中的三个人》从书架上拽下来，然后开始迅速地翻找，同时还向妈妈以及自己解释说，“当你提起战争时……我想起了这本书中的一段文字，祖母对它印象深刻。在这里。你知道我把书的一角折起来做标记了。这样做不太好，但是需要找东西的时候很管用。哦，听下这句：‘真正的战争并不是发生在前线。真正的战争是争夺人们的精神领地，使之成为自己的领土。’祖母很不解一个亲身经历过战争的人是如何写出这样的话的。她是如此喜欢凯斯特纳……”

她刚把目光从书上移开，又有一个惊喜展现在她面前：坐在她对面的缪果看起来跟刚才截然不同，她不再是安娜刚进房间时那个样子了，而是安娜最熟悉的那种状态——平静、愉悦、开心。甚至不止如此，妈妈简直容光焕发。

“你现在是怎么啦？”安娜惊奇地问道。

“好极了！”缪果这样回答道，“好极了，我的女儿！过来，坐到我旁边来。”

“什么好极了？”

“你有了这么大的进步好极了！我太为你骄傲了！我不是曾经告诉过你：不要低估自己的直觉力吗！？”

缪果并没注意到安娜一头雾水的表情，随即给了她一个拥抱，充满慈爱地握起她的手，就像她们每一次要开始谈话时那样，然后缪果接着说：“你不知道我肩上卸下了一个多么重的担子。你不知道你帮了我多么大一个忙！等下你就知道我什么意思了。谢天谢地，我现在不必再担心从哪里说起了，可以直奔主题了。”

“好的，快说吧。”

“你祖母最后一封信上说的就是这件事，”缪果开始说道，“问题是破坏力不仅只通过这一种方式发生。反自然的力量还有另一个更可怕也更加复杂的实现方式，因此更加难以辨别，更别提要与之对抗了。它也是来自我们的想法，对我们不利的想法，最终也对大自然不利的想法。即使不是坏想法，也是陌生的想法！注意：它可能完全没有害处，问题是它们不是我们自己的想法。它们增加得越多，我们越没有时间和空间想自己的事。”

“然后我们的精神就成了‘被侵占的领土’。”安娜不假思索地插话道。她自己还在纳闷她怎么就想起要找那段文字了呢。

“没错，”缪果肯定地说，“就是那样……更确切地说反自然的力量也是那样实现的。这种方式可称之为‘异端思想制造者’或‘我们的思想消音器’。我比较喜欢后面这种说法。实际上，还有其他的思想消音器。我昨天已经给你讲了一些了，诸如看似无害的想法会阻碍通往精神银行的入口。你还记得，对吧？”

安娜只是轻轻点了点头，因为她不想再打断妈妈的话了。

“有时候，”缪果继续说道，“这些想法看起来无伤大雅，所以我们极易把它们误以为是我们自己的想法。比如说，我们决定去买这个买那个。问题是：我们真的需要这些东西吗？经常的情况是，我们只是想要拥有某件东西，要么因为那件东西很时尚，要么因为别人有自己也想有，要么因为其他什么目的。我们不是真的需要它。然而我们会不停地想，直到得到它才罢休。我们的想法使我们沦为它的奴隶，为它花时间、花精力，换句话说，我们把一部分生命花在了我们完全不需要的东西上。那些貌似无害的想法实际上是垃圾思想，就像垃圾食品一样。乍一看没什么特别，而实际上很危险。垃圾食品制造饱腹的假象，如果我们吸收了有害的物质和多余的热量，并在我们体内越积越多，最后我们连真正有益的食物也无法吸收了。同理，垃圾思想进入我们的大脑，把我们自己的思想赶到一边，将我们的时间和精力吸引到了错误无用的方向……”

“引向物质的东西，为此我们付出了太多……”安娜又一次想帮妈妈把话说完，这次却没有得到妈妈的喝彩。

缪果转头看了看安娜，以她特有的方式朝安娜笑了笑。这微笑不只充满了爱意，还带着些许居高临下的优越感，好像在说："哦，这次你没有切中要害，但生活总在继续，下次你一定能做到。"

然而她接下来所说的话令安娜异常惊讶："很遗憾并不是这样，但我们谈论的物质文化已无处不在，已经成为根深蒂固的观念，简单而纯粹。我们不可能都变成隐士，不可能完全不需要物质上的东西。我们不能指望二十一世纪的人们不需要生活必需品。你能告诉那些没有生活必需品的人不去想、不去追求这些吗？你能告诉他们追求物质的东西是错的吗？！当然不能。这只能叫愤世嫉俗罢了。沦落在大街上，没有遮风避雨的屋檐，或者连干净的水都没有，这样的人还能过有尊严的生活吗？问题出在别的地方：我们一旦拥有了生活必需品，接下来就会越积越多；或者说当我们不停地开始买东西扔东西时，我们就会循环往复，停不下来，而并不仅仅因为它们再也没有用处了。你还记得以前如果有什么东西坏了，祖母会说什么吗？她总会说我们不必气恼，因为制造这件东西的人也有一家子人要养活，不是吗？所以我并不是想说那些事情本身，我想说的是永无休止地更换东西毫无必要。就像这样：因为这大概是我们应该做的事情，甚至只是为了找乐子，只是为了打发空闲时间。你明白了吗？”缪果深吸了一口气，“问题不在于基本的物质上的东西，而在于去买不必要的东西，更精确地说，是在于人们从无休止的购买中所获得的精神满足的整个过程。有趣的是那些垃圾思想是如何颠覆我们对真正有用的物质产品的看法的，这种现象又是如何走向荒谬的境地的！你亲口告诉过我一个住在里约的德国人和他的厄瓜多尔未婚妻的事：她和姐妹们虽然住在贫民区，却仍然不停地谈论和梦想能拥有名牌服装和名牌物品，他觉得这简直太让人匪夷所思了。还有比这更能说明思想消音器的例子吗？！”

“但这不都是广告产业的责任吗？”安娜试探性地说道，“实际上，这就是凯斯特纳那段话所讲的意思。坦白地说，我从没想过这个过程与反自然有什么关系。”

“嗯，你知道，关于广告人们也已经有了根深蒂固的看法，”妈妈又一次出乎意料地回答道，“是的，确实是这样，尽管你可能很难相信。事实上，广告确实常常帮到我们很多。毕竟，我们所有人，嗯，至少大部分人希望自己所做的事情会受到称赞，不是吗？而这有什么不对呢？

但你的直觉又把你带回到正确的轨迹上来了。因为广告可以说是并非完美无瑕的，尤其是在一个方面：它暗示人们并努力劝说人们一切都可以快速轻松地获得。”

“甚至就在这一秒，此时此刻！”安娜立即模仿起许多商业广告的典型结束语来。

“这下你懂了，”缪果说，“昨天我告诉过你关于动物的事，它们努力要调和我们生活的混乱节奏，使它回归正常的振动频率。它们这么做是因为这种节奏与大自然不一致，与我们自身也不一致。但是他们这么做还有另外一个原因：我们的生活变得匆匆忙忙。甚至更糟，变成了无止境的竞争——这是一个思想消音器。当你与某人或与每个人赛跑时，事实上，是好是坏对你已经不重要了，唯一重要的就是你必须得第一。而担心落后的恐惧和一直生活在快车道上的压力让你变得麻木不堪。我们不再思考其他的东西，我们变成了一种观念的奴隶，认为竞争的动力是与生俱来的。这种观念使我们越来越不像人类。注意这种情况也跟你祖母写的一样，这是一个将某些东西变成‘公理’的问题，这些东西似乎是人性固有的。比如说，想想看人们不停地谈论肾上腺素，不停地谈论那些毫无悬念的事情，多么‘无趣’，无论是生活还是艺术都是如此。打个比方，可以说，天堂也被认为是无聊至极的。人们把这看成是理所当然的事。那这意味着什么？意味着和谐也是无聊乏味的。又到关键了，这又是一个‘谬论’。因为我们为和谐而生，我们的生活是与自我、与大自然的节拍一致的。因为，无论今天那些涉及信息、交通，或电子联络的事物进行得多么快，人类生活中最重要的事情所需的时间仍和从前一样多，比如，我们出生所需的时间并没有变得更快，不是吗？而且，从另一方面来说，仅仅因为我们总是没时间，很多重要的事情都没有做。我们越来越经常只通过身体进行交流，而灵魂的交流需要宁静、安定，需要我们停下奔忙的脚步……”

“不要告诉我还有更多的思想消音器。”安娜紧张地说道。

“唉，确实有，”缪果沮丧地摇摇头说，“我正要马上告诉你另外一个，这个消音器是最近出现，而且最为明显的一个，因为这是从字面意义上而言的。虽然从表面上来看，我们对它还是无从辨认，但为什么我们还能让它这么轻易地进入我们的生活呢？”

“你是说噪声吗？”

“是的，没错。来自四面八方的噪声，来自远远超出正常音量的噪音；来自人们同时讲话、比谁声大的噪声和混乱，充杂着各种声音、各种数字和源源不断的信息。那么，与此同时，你还期望，更准确地说是要求我们能快速地阅读、观察、工作和回应吗？在这样嘈杂的环境中，任何人都不可能长时间地全神贯注于某事，更不可能还有足够的时间、空间和精力进行思考了！”

“是的，是的，没错。您说得对极了，”安娜有点不安地说道，“但是，有一件事我不太明白，更确切地说，我真的不愿相信它是真的。我是说，我不相信这一切都归咎于反自然的力量。很抱歉这么说，但是这些看起来像一个阴谋论，而且你也总是怀疑那些论调的。”

“我真的无比希望它就是一个阴谋论，”缪果叹了口气说道，“我甚至觉得光跟你提起这件事都很难受。你知道最让人难过的事是什么吗？反自然的力量发生作用时影响力十分强大，但它不会感激帮它的人，而是感激其余的人，或者说，好吧，至少是其中的大多数人！”

“我不明白。祖母跟您说的一样：是我们自己促成了破坏力的发生。这跟您说的有什么不同呢？”

“不同点就是这个问题涉及某种看似集体精神疾病的东西。这不是个人选择问题，也不是让步的问题，因为这是内心的愤怒与恐惧。愤怒与恐惧之后，我们常常很快就能恢复理智。但是这样的话我们的行为就像嗑了药一样，我们会把接下来发生的事情看成是理所当然的。而事实并不是这样，完全不是！无论我们对现代文明所取得的无可争议的成就多么骄傲，我们今天的生活并没有与大自然的振动频率相一致，至少大致是这样。而这恰恰是因为思想消音器的作用：它们混入我们的生活，成为我们生活的一部分，而我们并不排斥它们。你知道这是为什么吗？那些思想消音器还与另外两个具有同样破坏力的情绪有关，更确切地说，是两种心态，与愤怒和恐惧恰恰相反，但是所产生的后果是相同的。我说的就是冷漠无情与熟视无睹。愤怒与恐惧会酿成攻击性和暴力的行为，而冷漠无情与熟视无睹是对这些行为的忍耐放纵。因此最后的结果是一样的，他们变得麻木不仁，缺少同情心和人性。重点是，就像我以前跟你说的，当我们没有时间思考时，我们就会变得缺失人性。因为，我们不再能感知他人的痛苦，尤其是那些离我们很远、过着和我们完全不同生活的人。你现在明白了，不是吗？”

缪果仔细观察安娜的反应，知道她明白了。她也知道讲这个坏消息是个艰巨的任务，马上就要结束了。而且她觉得，接下来她和女儿两个人可以像真正的同伴一样一起走完剩下的距离了。

不一会儿安娜就证实了妈妈的想法，她说：“你知道……是的，是的我明白了。当然……但我还有其他事情要告诉你。我觉得我自己可以猜到另一个思想消音器是什么了。如果你允许我说的话……”安娜停顿了一下，充满疑问地看了看妈妈，“麻木的感觉，对吗！就像……”

她不得不又停下来调整自己的情绪。每次要开始讨论这个话题时，她说话就会结巴起来。她花了很多努力抵抗这种麻木的感觉，因为在这个国家里、在她的工作中，很多事情让她感觉自己已经陷入麻木。是的，当你听到诸如“那又怎样”“没什么关系，无论做什么都没关系”这样的论调时，你就会不知不觉地接受它，陷入这个黑洞，安娜对此太熟悉了。她也非常清楚这个论调是导致一切都缺少改变的原因，如果你向麻木屈服，你就会大伤元气，最终自己也变成一个黑洞，只是空有人类的躯壳。这种可怕的感觉就是走向崩溃的第一个迹象，这是她从她最喜欢的作家圣·埃克苏佩里那学来的。他在描写法国和第二次世界大战的书中写过这样的话。

战争？又是战争？她今天是怎么了，为什么脑子里一直反复出现战争这个字眼？！在和“她们的”猫在一起的时候，妈妈告诉过她战斗是为了每个人的灵魂而战的。是的，这是不是老生常谈真的不重要了。也许，这不仅仅是一场战斗，而是彻头彻尾的战争。安娜耸了耸肩，继续大声说道：“所以当你提到冷漠无情与熟视无睹时，我就想到了这些。我说得对吗？”

“对极了！”缪果回答道，“麻木感是最可怕的一种思想消音器。因为它不仅阻碍我们进行思考，还阻碍我们去采取行动。有时它甚至会影响那些最活跃的人，其他的消音器对他们毫无办法。实际上，它的影响速度是最快的，因为它几乎扭曲了我们看到的世界。最后，其他的消音器也会影响到他们，只是速度慢了些。而由于我们看到的世界是一种假象，我们再也无法分辨谎言与真相的差别。因为，在其他被征服的领域，”缪果对安娜做了一个意味深长的动作，“正在发生同化的过程。这是一个更换、替代的过程，以假乱真。愉悦与安逸被认为是幸福，趣事被认为是美好，时髦被认为是新颖。性自然而然意味着爱情。令我们着实疲惫不堪的娱乐活动被当成一种放松。购买各种物品被视为理想的实现……”

“哦，类似这样的例子不胜枚举，”安娜插话道，“就看看有时被称为‘艺术’的东西吧。他们把诗歌搞得低俗不堪，将暴力行为写成是一种爱。最近我还读到另一件荒谬至极的事，它超出了艺术的范畴，却插上了‘想象力’的翅膀搞出如此荒唐的论调！你听听看，一般看来，强奸行为是男性性欲本能的自然延伸，”安娜停顿了一下，看了看妈妈的反应，然后继续说，“这是根据进化论的逻辑得出的推论！”

“这是对一切信念的挑衅！”缪果大声喊道，“但不足为奇！在异端思想的迷雾中我们倒不如接受这个事实，这也意味着一切责任感的消失。没有了责任感，我们的冷漠无情和缺乏思考最终将把我们送向毁灭。归根结底，我们周围已经充斥着如此多的假物品、假价值观，我们自己也即将变成‘极好的’假人类，这实际上是这个替代过程的终极目标。”

她停顿了一会儿，显然是想镇定下来，然后勉强笑了一下说：“尽管如此，我还是把这个阴谋论讲完吧。说真的，这个谬误并没有什么害处。它是……怎么说呢……它是反自然的另一种‘外在形式’，是其中的一‘部分’。说得更直白些，反自然的力量是通过这个谬误变成现实的。这既发生在我们周围的世界中，也发生在我们的内心中。通过这种方式它侵占了大自然的部分领土。关键是因为反自然的力量和它的帮凶无法直接获取那些小矮人的魔力，实际也是我们人类自己的古老魔力，所以它们就想阻止我们重新获得魔力。而人们越快放弃人类的本真，这就越可能发生。它们也想毁掉我们最后仅存的魔力。

“但是它们还没有成功，不是吗？！”安娜之前一直垂头丧气的，表情几乎有点绝望，现在她又打起精神、竖起了耳朵，然后说，“所以接下来就是好消息了，我就知道是这样！最后终于在这个阴郁的画面上看到一丝光亮了！而那些魔力是什么呢？我想我知道那些小矮人的魔力是什么……但是我们还剩下的魔力是什么呢？”

“哦，别着急啦。我们休息一下。”妈妈说道，然后她暗想，现在讲起日常生活以外的事情真是容易多了，大家也更容易接受这些事情了，尽管有时只是把它们当成奇幻的故事来听。她还想到，旁观熟悉的事情，想从不同的角度看它有多么困难，简直就是不可能的。因为，这不像平常用眼睛来看镜子，而是从镜子里往外看，就像走出身体，进入镜子来反观自己一样。感谢上帝，她做到了！

看着妈妈疲惫的神情，安娜知道不应该继续追问妈妈了。她有些失望，但打算自己打起精神来：“你知道，现在细想起来，前两个思想消音器并不难避开。”

“只是看起来如此而已，”缪果说，“在这一点上我们仍然需要帮助。”

“哦，至少它们还没有对我造成威胁。”安娜兴高采烈地坚持说。

缪果把头压低，扬起眉毛，看了看女儿，相当怀疑地说：“哦，它们对你当然有威胁！”

“真的？”安娜惊愕地大叫道，“我们还没有在一起互相争论过，不是吗？”

“从来没有，”缪果听到这句她最喜欢的母女俩的暗语笑了一下，然后做出一个完全无辜的表情接着说，“我只是突然想起在荷兰发生的一件小事，仅此而已……”

安娜抿起嘴唇，紧紧闭上了双眼。她一点也不想回忆这件事。但这件事的细枝末节马上冲进了她的脑子里，毫不留情、一丝不差地一个接一个出现，好像正在发生一样。然而，在她的脑海中，安娜也看到了自己，她感到无比羞愧，真想找个地缝钻进去。她真不愿相信自己竟是这个真实故事的“主角”。

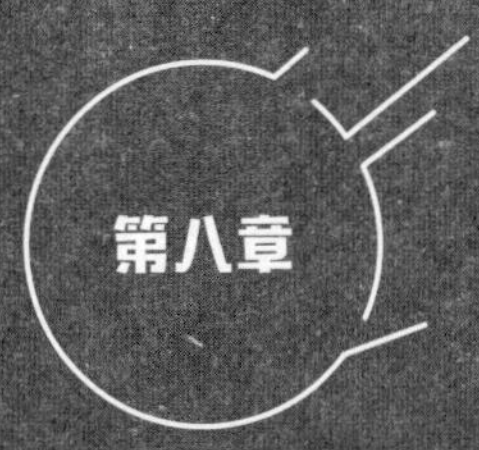

第八章

丢脸

——在阿姆斯特丹机场的三个小时

事实上，安娜在去机场的路上非常开心。六月里的这一周冷得跟冬天一样，肆虐的狂风终于平息了，太阳重放光芒，温暖宜人，安娜终于可以放松一下了。她把外套放在了旁边的车座上。今天是周日，去机场的路程看起来要比平常省很多时间。所以，她应该会有整整三个小时的剩余时间，甚至可能更多，可以用来学“她的”中国汉语！她心里已经高兴得开始摩拳擦掌了，当她算出还有这么长空余时间的时候，她轻轻地把红色的随身行李往身边拉了拉，里面装着她的旅行同伴：一本小字典，二十页左右的教科书复印件，一沓黄色纸张，有一边是绒面的，上面写满了象形文字。

两个月前，她开始把学习汉语列入她的日程，现在已经成为她的新爱好了。她对汉语喜爱至极，以至于有时梦想着什么也不做，只学汉语。这并不是说她有学这门语言的特殊天赋。她没什么乐感，甚至怀疑自己永远不可能流利地讲这门语言。但是那些象形文字让她欣喜若狂。首先，画这些字就其乐无穷，更重要的是，每一个字都像是一个童话故事。安娜并没有急于求成，她学这个只是为了消遣，所以她并不想机械地记住这些字。而她的老师也精通古代汉语，他向安娜详细地解释了汉语现代文字背后的历史。比如，为何“想”这个字从前的写法里面有一个“心”形，为何这个字的发音来自这个字的一部分，因为中国人认为我们是用心来想事情的。还有为何“知”这个字从前的写法是一支箭和一个口，因为如果我们所知为真，那么我们的话就会说到点子上，正中要害。在今天的象形文字中，表示“路”的字，就是有名的“道”也有类似的渊源……所以安娜感觉她不只是在学认字，而是在学习人类与大自然交流的整个故事，更准确地说是寓言故事，还有关于我们的过去和现在的寓言故事，尽管很多人已经将其遗忘。因此她才处于一种无尽的喜悦之中。

汽车到达机场时，她仍然处于这种喜悦状态。因为她在路上拿出了一张黄色绒面纸，一直沉浸其中。现在她把它小心翼翼地塞回包里，希望很快就可以找个安静的地方继续享受与它独处的乐趣。她把大行李箱放到推车上，朝安检柜台走去。这里没有排队的人群，护照检查柜台也没有，所以大约十分钟她就完成了全部的“义务程序”，用她最近最喜爱的语言说就是，她可以自由地听从“自己的心声”了。

然而，事实不是这样。

大概是因为她知道还有三个多小时的空闲时间，所以觉得还可以先逛一下免税店。或许是因为机场里面跟其他地方不一样，配了那些方便的手推车，把我们的双肩从很重的行李中解放了出来，而她的行李中不仅有一个红色的随身行李包，还有一件外套和一个扣得严严实实的手提包。或者说是因为在第一个商店里她看到了一款别致的香水，并不是她家里的香水还不够多，她的香水至少够用一年了，而是因为这款香水突然很有吸引力，而且它还在促销……

不管怎样，安娜接下来的三个小时过得完全不同寻常。

突然间，时间好像缩水了一样，变得越来越少，就像一个受到惊吓的人紧贴着墙壁，恨不得马上消失。然后还没等她来得及转头看一下，就急匆匆从她身旁飞跑而过了。难怪安娜完全没有感觉到时间已经过去很多，过了一会儿，她看了一下手表，她简直不敢相信自己的眼睛。她甚至都没注意到这几个小时已经过去了。

以前，安娜总是取笑商店里女店员的面部表情，她们的眼睛漫无目的地到处看，却死气沉沉，似乎眼前的世界已经消失不见了，更确切地说，是像一件没有正确洗涤的羊毛衫一般缩成了她们所在商店的大小。“在那些大商店里人们不停地盘算着，”安娜总会这样公然地取笑她们，“可别忘了什么、这里有什么物美价廉的东西、接下来会有什么促销……”而这么多选择不一定总有好处。总之，正如中国人所说的“过犹不及”。

然而，这些想法在这三个小时里并没有机会进入安娜的脑子里，更别提“她内心的声音”了，好像她已经不是用自己的脑子思考了。或许恰恰相反：她的脑子已经被那些与她毫不相关的想法占据了。安娜像一个二维漫画书里的人物，不停地一家店一家店地逛过去，头顶上还有个泡状对话框，里面全是彩色的、超大瓶的香水。几分钟之前她还徜徉在精神飞翔的幸福感之中，此时却变成了一种奇怪的、前所未有的眩晕感，就像吃了镇静剂，失去所有感觉一样，而唯一能让她摆脱这种状态回到三维世界的事情就是买下这款香水。

然而这种眩晕感并不是不愉快的。恰恰相反！也许这就是她不着急买下香水的原因，因为这似乎能够延长她不用思考其他事情的愉悦感。

这种眩晕感还没消失，安娜就意识到已经到了要登机的时间了，然后她就按照起飞前的惯例直奔附近的洗手间。同时她也不觉地想到她离登机口还有一段距离，也就是说，一路上还会看到很多商店。

过了一会儿，安娜匆匆逛完了所有剩下的香水商店，却一无所获，她突然觉得心里一下子轻松了。想到自己确实把时间都浪费了，但是至少没有浪费钱，似乎让她略感安慰。这个想法一直在她脑中盘旋，好像让她不再想香水的事情，完全没有刚刚在心里升腾的那种羞愧感了。她平静地想到自己并没有学习“她的”汉语，但是没买香水省下的钱可以用来多上几节汉语课，却没意识到她这是多么自欺欺人的想法。

而且，当她算出这些钱究竟可以多上几节课的时候，她意识到她的轻松感并不仅仅是抽象意义上的。

安娜停下脚步，看了看推车下面的架子，它之前把随身行李包放在那里了。它还在那，就是被放在推车上方篮子里的外套遮住了。所以她只是想象——它还在那里，还在原来的地方。

安娜又起身出发了，她下意识地把手向肩膀伸去，想把一直往下掉的手提包带子拉回原处。她习惯把手提包放在她前面的篮子里，这回放在外套下面了，但是仍然把包带挂在肩膀上。这是她在纽约那些年留下的习惯，那时她就学会永远不能离开自己的手提包。

然而，此时她并没有够到手提包的带子。她往外套下面看了看，连手提包也不见了！

安娜吓呆了，这就是她感觉如此轻松的原因！她足足呆站了一分多钟，她简直不敢相信自己的眼睛。她不可能把手提包落在什么地方！也不可能有人把它偷走了，她那种背法根本不可能。

安娜觉得后背一阵发凉，直击颈背。她觉得好像脑子里打开了一扇门，她之前的那种眩晕感本来像迷雾一样罩住了一切，此时都被吹散了。同时安娜重新回归了理性。就像触动了一个自动导火线一样，她的感觉重新开始行使职责了，她眼前的世界瞬间变得清晰起来。

但是，这种“清晰”之中有些离奇，就像“进入”了一个噩梦，而不是“从”噩梦中醒来。因为她的手提包中有登机牌、护照、钱、手机，没有这些东西她既不能登机，也不能离开机场。而且，时间突然开始快速流逝，把她远远地甩在了后面，而不是刚刚过去，然后又像是在噩梦中一般，时间就像一个人不时地将手举过肩头，戏谑地指着她的手表。现在她只剩不到十分钟的时间就得登机了。

安娜突然转身往回跑，前面还推着手推车，迎着人群左右穿行，她没有办法转到对面的“路”上去，因为中间隔着移动人行道的扶手栏杆。她来到第一家商店（从相反的方向数），她的手提包不在这里，接下来的几家商店也没有。难道她把手提包忘在洗手间了？机场这么大，她的手提包还能挂在那里吗？而且即使它还在，里面还能剩下什么呢？安娜都要哭出来了，既是因为害怕，也是因为对自己很气恼。她走进一个洗手间——不是她去过的那个。然后又去了一个——这个也不是。她的T恤衫已经黏在后背上了，她已经上气不接下气。最后她认出了她右边的那个咖啡馆，马上冲进它旁边的洗手间。

等待她的是最让她意想不到的场景：三个高个子女警察表情严肃凝重，充满警戒地站在一个大开着的小屋前，还有几个受到惊吓的女人，其中一个女警察突然转过头来看她，因此也让安娜看到了小屋的门和这里一切骚乱的焦点：她的手提包！它仍然挂在钩子上，但从表面看来，在我们这个时代它单独待在那里就是危险的。

“谢天谢地！”安娜大叫道，随即向她们冲了过去，把包夺了回来。

但是，她们立刻又抢了回去。

“所以说，是你把它放在这里的，是吗？”其中一个女警察怀疑地说。

“谢天谢地！谢天谢地！”安娜不停地重复道，更确切地说，是不停地呜咽着，因为泪水已经哗哗地流到她的脸颊上了，然后她本能地去拿她的包。

“在它未经扫描之前你不能动它。”另一个女警察板着脸说。

“但这是‘我的’包。”安娜呜咽着说，“就让我看看是不是所有东西都还在。”

“女士，你得马上跟我们走。这个包得拿到安检处检查，你也得接受检查。”拿着包的那个警察告知她说。

然后，她开始有点同情安娜了，将包开了一个小缝，让她快速往里面看了一眼。谢天谢地，好像所有东西都在。

这个警察仔细地观察着安娜的反应，现在可以确定没必要保持警戒了。但她仍然声色严厉地说：“女士，你不明白吗？！这个女人发现了一件没人看管的行李，因而发出了警报。”

直到这时，安娜才注意到一个矮小的老妇人，她一头白色短发，脸色苍白，穿着一身浅肤色旅行装，就站在她们旁边。她如此孱弱、苍白，如此害怕，在这三个强大的人物面前，她变得更加渺小，几乎像消失了一样。安娜冲过去拥抱她，并且为刚刚想要看包里的东西的事而感到不好意思。这个妇人紧张地讲起了西班牙语，很明显，她一个英语单词都听不懂，而且受到了极度的惊吓。还没等安娜找到恰当的方式表达感谢时，这几个女警察就已经失去耐心了。要是她有时间问问这个妇人的名字、地址和电话号码就好了，安娜后来想！其中一个人拉起她的胳膊肘，然后向出口指了指。

安娜又一次试图去讨好她们，除非她现在就往登机口走，否则她就上不了飞机了，但是她所说的话都被当成了耳旁风。实际上，那时候她已经不怎么在乎能否上飞机了，最重要的是她找到了手提包。所以她满是汗水、妆容模糊的脸笑开了花，她在女警察们的带领和护卫下招摇又不安地穿过机场的人群。人们不禁频频回头看，有些人甚至会惊讶地驻足观看，一脸严肃的法律捍卫者和神采奕奕的“被捕者”。这样矛盾的喜剧场景，真让人惊讶不已。

当然了，扫描的结果是一切正常，而且包里的证件也证明了这是安娜的包。最后那个女警察终于放心地对她笑了，更确切地说，她们都忍不住咯咯地笑起来：希望她再也不要如此疏忽大意，给所有女性丢脸了！然后她们把她的宝贝还给她，安娜立刻向她那班飞机飞奔而去。

要是这里就是故事的结局就好了，安娜此时心想。

但事实并非如此，这个故事跟她祖母的故事一样，还有一个附加结局，只是发展趋势并不相同。

当飞机在空中升起的时候，安娜并没有像往常一样陷入狂喜，这也很正常。然而，当她回到自己的国家时，发生了一件违反常理、不合逻辑的事。当时已是深夜，她正往行李传送带走时，突然向右转身，走进了那时唯一一家还在营业的免税店，本想比对一下那款香水的价格，然后……然后她却买下了那款香水！

平心而论，这家店的价格低了很多。

后来，安娜试图把这一切看成是一个笑话：毕竟，她也是一个女人，她也可以像其他女人一样常常心血来潮。

她甚至试图把注意力转移到其他方面去，她把遇到那个拯救她的老人看成是一种预兆，甚至觉得不久之后就会有好事发生，而且与西班牙有关。

然而，一切都没什么改变，那件荒谬可笑的事也没有淡化。那款香水的彩色大瓶子明明白白地告诉她一个事实：她并不需要它，她简直丢尽了脸，不是别人这么看，而是她自己觉得！她觉得如果她真的需要这瓶香水，就不会这么百般困扰了。她用五分钟直接买下来就行了，然后这件事就结束了。当然了，她也可以把它放在看不见的地方，试着忘掉它、忘掉她自己做的蠢事，这也很简单。但是，她决定不去自欺欺人了。她把它放在一个显眼的地方，开始用它，甚至用得很勤，想尽快把它用完。她决定，更确切地说，是感觉这是能把这件丢脸的事画上句号的唯一办法。当她把最后几滴香水都喷完的时候，安娜庄重地把它投进玻璃垃圾桶，细细品味着它破碎的“音乐声”。

“我们的记忆力多么短暂啊！”安娜想，它又回到“当下”来了，“尤其是对于那些我们希望自己没做过的事。”

她简直无法相信，她竟然这么快就把这一切都忘了，而且还沾沾自喜地自夸说没有受到缪果所说的“垃圾思想”的影响。

然而，在这个事件当中还发生了一件事——一个与这件事本身没什么关联的情节，但这个情节一直不停地萦绕在安娜的脑海里。

在回来的飞机上，当她刚刚缓过气来就拿出了那沓黄色纸张——不是要学习，那时她既无气力也没有欲望学它了。她只是把它们紧紧地抱在胸前，似乎为了弥补她的失信行为。她闭上眼睛想要平静下来，希望能完全恢复理智。

不知过了多久，但在某一时刻她感觉有什么东西在抚触她的脸颊。她定睛一看，原来是她的一个小矮人拿着一根小羽毛在抚弄她的脸。

安娜对羽毛有一种特别的看法。她认为它们有某种魔力：当你把它们弄湿的时候，它们几乎就消失不见了，然后又恢复原状，好像是凭空变回来似的。而且，因为它们轻飘飘的，似乎就是空气中的一部分，是一种有形的空气，另一方面看好像又是空气的延伸。有一根毛茸茸的天鹅羽毛放在安娜的书桌上好多年了，它总是让她惊讶不已：在灯光的照射下，它的羽茎简直就像一簇雪花，或是冬日窗户上的霜花。在旅途中的时候，她也总会在随身的红色行李包中放一件法宝：她小时候睡的小枕头。里面的羽毛不断地跑出来，而她都会用力地把它们塞回去，好像它们是什么财宝一样。

此时小矮人手里拿的这根羽毛可能正是从那个枕头里来的，它可能掉出来夹在黄色纸张中间了，因为它们可在同一个包里啊！

但是它可能不是从那里来的……

就在那时，另一个小矮人向安娜使了使眼色，让她看看窗外，并且给了她那个可以在任何地方看见自己的小矮人的镜片。安娜隔着镜片朝窗外看去。

他们正在一片稀疏的云朵上飞来飞去，那片云朵就像一团团云雾飘到了一起。她看见剩余的小矮人都在那上面跳上跳下呢！他们就像一群小孩儿刚刚玩完枕头大战一样，好像有个枕头被扯破了，现在他们满身都是羽毛。

那飞机上面的这根羽毛是从哪里来的呢？她回过神来暗想。

现在是时候和妈妈谈谈她一直回避的那个话题了！安娜当即决定，这次她得想方设法问出答案来。

小矮人的点金术
与人类最后的魔力

蜜蜂群终于飞走了，令人厌烦的嗡嗡声渐渐消失了。安娜坐在草地上，从各种各样的野花中摘了一枝蒲公英。她喜欢看它的毛茸球掉下来飞走的样子。她向这朵花吹了一下，但突然风向变了，它们又被吹回安娜的脸上。她闭上了眼睛。这些茸毛轻轻地掠过她的脸颊，她觉得就像被许多小羽毛轻轻抚触一样。

“嘿，亲爱的，该起床啦！”妈妈的声音从远方飘来。

安娜透过睫毛飞快地看了一下，蒲公英的白色茸毛球还在不停向她飞来。她充满喜悦地笑了，并沿着风的方向微微转头，想多留住一会儿这种愉快的感觉。

“你没有听到闹钟响吗？它都响过有一会儿了。”这次妈妈的声音听起来近了点。

安娜睁开眼睛，在她的正前方看到了原来在桌子上的那根天鹅羽毛，然后又看到了妈妈的手，后面是正坐在床上的妈妈。安娜向那个闹钟看过去，然后皱起了眉头。她的梦好像轻蔑地耸了耸肩，“认为”前一天的一整天可能对她非常重要，但何苦还要“诱惑”她想起昨天早上的事呢。实际上，这些不是她梦见的，而是因为妈妈手中的那根羽毛。安娜意识到了这一点，但仍然纹丝未动。

“现在快点起来吧！”缪果又说道，显然已经有点不耐烦了，就像是送给一个小孩一颗糖果，却没有得到他应有的反应一样，她继续说道，“你不是一直很想谈谈去波多黎各飞机上的那个粉色小东西吗？你一直很好奇它到底是不是棉花糖。嗯，是时候告诉你了。快起来吧！”

安娜一下子瞪大眼睛，立即在床上坐了起来。

“我知道我一定是生活在‘老大哥’的独裁统治下！我一想到什么事，就会被逮个正着！我能问一下为什么我们得等这么久才能谈这件事吗？”

“瞎说！”妈妈笑着说道，“在‘老大哥’那里他们也无法这样做。谢天谢地！他们只能看到你做的事情。而思想受我们自己管辖，我的意思是它是女巫的领地。”

她用胳膊夸张地做了一个自信的动作，意思是“有些人是这样，有些人不是，就是这样”，然后一边向厨房走去，一边说道：“快点，去洗漱，一会儿跟我一起吃饭！”

“我不得不承认这次我完全震惊了，”过了一会儿安娜来到餐桌旁，坐到了妈妈对面，“你现在打破所有纪录了！”

“你为什么这么认为呢？”妈妈困惑地耸了耸肩。妈妈的脸上没有一丝开玩笑的迹象，但安娜还是做出了一个“我才不信”的表情。

“哎哟？！您是说昨天早上知道了我要问您的事情还不够震惊吗？！”

“我是说昨天早上之后我一直打算告诉你关于魔力的事——我们的魔力和小矮人的魔力，”缪果极其沉着冷静地答道，“我向你保证过，不是吗？”

安娜困惑地轻轻眨了眨眼：“嗯，关于棉花糖那件事，当然如果它真的是棉花糖的话，而实际上这纯粹是一个魔法。只是我觉得当你提到小矮人的魔力的时候，你是在说他们收集魔力单片镜的事。而且在波多黎各时，你通过那个‘太阳仪式’把我治好了，实际上，从小时候起每次我生病都是这样好起来的。我永远不会忘记那次经历，更确切地说是那个‘奇迹’！”

安娜很兴奋，停顿了一会儿，然后说：“是的，我相信那些是小矮人的魔力。那么，不光是这些吧？！”

“当然不只这些，”缪果回答道，“事实上，还有一个。但是它很特别，我们用眼睛很难看到，大概也会认为‘它不可能是真的’，比如，像你所遇到的情况。是的，那个粉色的小东西正如你所看到的那样：云朵变成了棉花糖。而你在阿姆斯特丹回来的飞机上看到的那根小羽毛实际上也是从‘外面’来的，就是你的小矮人们一直在玩的那种羽毛。你也一直对这件事感到纳闷，不是吗？”

安娜点了点头，完全惊呆了：“但你怎么能那么确定？”

妈妈苦着脸说：“这种魔力甚至还有一个自己的名字：小矮人的点金术。你知道这是谁起的名字吗？是那些反自然的帮凶。怎么会有别的可能呢？！别忘了，自古以来，人们最伟大的‘梦想’一直是点石成金……你只是亲眼看到了两个无伤大雅的雕虫小技，但问题是小矮人能变出任何东西。任何东西！所以人们才会对他们的这种特殊魔力产生巨大兴趣。并不是说人们对他们的其他魔力就没兴趣了。比如说，绿色单片眼镜，你能用它看到其他人的小矮人，最适合用来进行侦查了。但是，现在科技这么发达，它也没什么了不起的。最了不起的是‘炼金术士’……”

“等等，等等！”安娜打断妈妈说，“昨天你说小矮人的魔力是我们的，也就是人们古时曾拥有的魔力。所以说曾经有段时间我们也有这样的魔力？”

“那你认为童话故事中的魔法是哪来的？”缪果反过来又问了安娜一个问题，“诸如凭空变出一桌子食物来，把人变成动物或把动物变成人……人类的幻想不可能比得上真实生活那般奇幻。童话故事是我们对没有历史记载的那段时期的‘记忆’，那时人与自然是一个真正的整体。注意，当人们做了有益的事，那些‘奇迹’就会发生。并不是说后来的童话故事没有在这个主题上变换形式。但那些形式只是对从前记忆的扭曲，有时还是故意为之。就像我之前跟你说的那种谬论一样。因为在过去要实现这个‘法术’需要一个基本条件：要出于正义的目的。然而，在某些情况下，我们滥用了这个能力，我们也会为了其他目的而试图利用我们的这种能力，后来我们就失去了这种能力。更精确地说，是失去了关于它的记忆。但是仅仅……”

“抱歉再打断您一下，”安娜说，“但是有一点我不是很明白。如果说‘施展’这个法术的基本条件是出于正义的目的，那反自然的力量是怎么利用它的？”

“嗯，当然了，那些反自然的帮凶相信道德并不重要，相信他们一旦掌握了这个秘密，或者这样说，一旦学会了这种机制，就没有什么能阻止他们使用这种魔力了。正如你所知，因为对他们来说，一切都可以简化为或解释为某种机制。然后他们就会掌控整个物质世界。你明白这对他们有多重要吗？！然而，这场战斗如此激烈还有另外一个原因，甚至比这一点更为重要。”

缪果停顿下来。像往常一样，当她们的谈话进行到这个阶段时，安娜聪明地忍住好奇，不去时不时地打扰妈妈了，她耐心地等着妈妈开口。

“所以，”缪果继续说道，“从前我们失去了这段记忆，但仅仅是暂时的，而且还不是全部。当然，‘暂时’可能是几千年或是几百万年。而‘不是全部’是因为在我们内心的某个地方，从能量层面来说，有个小颗粒，藏着这种魔力。用现在流行的说法就是它在那里被‘加密’了。但我们仍然可以使用它，而且我们已经开始或者说正在开始去唤醒我们身体中的这个部分。在这个阶段，它以小矮人的形式出现。我们一旦完全领悟到我们的这部分本质，那么也许有一天我们就会想起我们所说的这个法术。而这实际上就是这个问题所在。”

“这个问题？！”

“更确切地说，这场战斗如此激烈的另外一个原因，”缪果解释道，“正是因为人们已经逐渐‘觉醒’，才做了如此多的努力，就是这些天我一直跟你讲的事情：如果反自然的能量和它的帮凶们没能得到小矮人的魔力，那么他们也不会让其他人得到。”

“但是我们还剩下一个魔力，”安娜插话道，“这是您昨天说的，对吗？他们正以同样的方式想把它从我们这夺走。”

“而且因为那些方法，唉，十分有效，我们只能控制，更确切地说，是‘施展’这个魔力的一部分。而且我们还面临着可能忘记它的巨大危险。”

它不仅是我们最后的魔力，它也是我们最后的出路。

“听起来像是世界末日了。”安娜蜷缩起来，好像突然觉得有点冷。

“差不多是世界末日了，”缪果回答说，“但仅仅是‘差不多’，谢天谢地！但刚开始这听起来会跟你想象的完全不同。因为，我们要谈的是无条件的爱。”

“无条件的？”安娜像回声一样重复着妈妈的话。

“是的。虽然这纯粹是赘述，但我是故意这么说的。因为，爱，真爱，本就是无条件的。但如果我只是告诉你爱就是我们最后的魔力，这听起来就太平淡无奇了，对吗？”

“是的，坦率地说是这样。”安娜困惑地低下了头。

“你的感觉很对！尽管我希望它听起来并非如此，”缪果再次让女儿感到惊讶，“而你知道为什么你的感觉是对的吗？一方面，人们总是经常谈论爱。但更重要的是，这种爱中大部分只是游戏、表演，只是占有一个人的途径，只是权力的展现。好像爱只关乎争斗与竞争，只关乎某种表演，既不真实，也不真诚，只有虚伪。或者说这些都简单归结为性。这一切当然不是偶然发生的。它是历经很长过程的结果，是不断将爱之无条件的本质抹黑的过程，也就是说，无条件的爱即真爱，是毫无保留与隐藏的爱，是没有期望与要求的爱。爱是我们的内在本质，不掺杂任何外在动机。”

缪果停顿了一会儿，勉强笑了一下说：“我要再给你讲点阴谋论的事情。你知道的对吗？”

安娜没有回答——她知道妈妈绝不是在开玩笑。

“嗯，我希望你是知道的，”缪果继续说道，“想想看，连续几百年间，各种原因下人们对上帝的信仰已经动摇。而在上个世纪里，对亲人的敬畏已经在我们心里根深蒂固。而那些被认为是理所当然的事开始遭到质疑，比如尊敬老人、维系家庭，至少在所谓的‘发达’世界中就是如此。现在甚至还有人试图驳斥母爱与父爱的圣洁，并不是说在那些事情中从来没有例外。问题是源于正常观念的思想偏差被当成了完全正常事物的典范。”缪果突然停顿了一下，然后说，“你还记得‘爱的磁铁’吗？”

“让我们永远不会丢掉小矮人的东西？！”安娜大叫道，既兴高采烈，又困惑不解，高兴的是她记起当她知道确实存在“爱的磁铁”时是多么兴奋，困惑的是她怎么差点忘记这回事了。

“它恰恰就是关于无条件的爱的，”缪果说，“因为，无条件的爱是我们为人的核心本质，它是同情心与仁慈，是纯洁的思想和行为。简言之，它就是人性。而我跟你说的那个抹黑无条件的爱的过程只有一个目标，就是使我们心中的‘爱的磁铁’失去磁力。如果他们得逞了，‘爱的磁铁’就会失灵，打个比方说我们就会彼此‘飞离’对方，开始变得惊恐而困惑，脱离一切人与事物，脱离人类的本质。而这已经在某种程度上发生了。

“但不是普遍这样，对吗？”安娜怯怯地问。

“是的，感谢上帝！”妈妈回答道，“但是这个过程进展飞速。因为，到现在你已经意识到恶念之源和思想消音器都是它的帮凶。结果就是我们已经很少‘一起’无条件地爱对方了。这不仅仅包括我们身边的人、我们的小孩、我们的工作，还包括所有人、大自然和一切良善。无条件的爱已经或者说正走向过时了，它被认为是原始的东西，是原始部落的思维模式。换句话说，它正被归类到‘落后的’人类篇章中了。同时，‘单一’的爱受到追捧，被看成是先进的、文明的标志。”

“这听起来像‘分而治之’原则。”安娜说。

“就是如此。因为我们最后的魔力——无条件的爱，只有我们一起‘施展’它时，它才会发挥巨大力量。这就是问题的关键！它也是一种法术，只有在这种情况下，它才会引起精神上的蜕变，而不是物质事物的变化。想象一下，这个法术是如何在两个人之间进行的？尽管有时只在片刻之间，但如果它的范围被放大，你就能意识到会发生什么了。如果很多人同时一起将纯洁善良的思想放到做善事上，也就是我们常说的无条件的爱，就能创造奇迹、改变世界。这种法术会使反自然的大业完全失败，会使它的存在变得毫无意义。”

“但这似乎是几乎不太可能的事，”安娜说道，“而你知道我说‘几乎’只是为了听起来不那么绝望。”

“由于这种谬论，当前的形势‘似乎’就是如此，”妈妈回答说，“让人几乎绝望的还有另一个原因，暴力及其影响力。无条件的爱还面临着一个最大的障碍。因为它使人们极其难以‘施展’或者说是‘掌控’。而宽恕，它是无条件之爱最重要的方面。想想看，我们甚至在最普通、最平常的情况下都很难马上宽恕别人，更不可能宽恕那些伤害我们的亲友或者我们自己的暴力行为了。暴力行为的必然后果就是自食其果。因为它会招致报复，而往往报复也同样是暴力，然后就是没完没了的冤冤相报。唯一能‘切断’这个恶性循环，恢复和谐的办法就是宽恕。因为当你克服了个人的痛苦，抑制了反击的冲动，那么受益的不仅是你自己，还有其他每个人。而要我们所有人一起这样做就更难了。”

“我常常想在大规模暴力，比如战争之类的背后，只有商业利益，”安娜说道，“换句话说，都是为了钱。”

“当然，钱确实是一个原因，”缪果用一种鄙视的口吻回答说，“但是当今这种疯狂鼓动暴力行为的核心已经变成不可或缺的东西，它的核心同样是对抗无条件的爱。”

“那么结果是什么呢，如果我们输了这场战斗，我们还有什么机会呢？”

缪果探寻地看了看安娜——她的女儿即将从这个长达几天的谈话中学到另外一个，也是最后一个惊人的真相，然后她回答道：“自然灾害就是我们的机会。”

跟她预料的一样，安娜又一次目瞪口呆了。

“是的，亲爱的，这听起来可能很荒谬。最近大自然发生这么多灾害绝非巧合，当然还有其他原因。且不说我们多么容易把这些灾害看成是一种报应，单从我们对大自然所做的一切，这种看法就说得通。但是别忘了大自然是我们的母亲，母爱是无条件的。忘掉当今那些不承认这样一点的所有论调。所以大自然带给我们的这些磨难不是惩罚，而是一个机会，一个让我们记起什么是人类团结一致的机会，记起团结一致是我们与彼此相处的最自然的方式；一个让我们摆脱冷漠无情与熟视无睹，使我们亲身体会不和谐的机会，明白我们之所以一直认为有些事很‘平常’，只是因为它发生在别人身上而不是自己身上而已。自然灾害是强大的征兆，是大自然给我们指出的唯一可能解救人类的道路：去施展我们最后的魔力，将那无法估量、强大无比的能量用到对全人类都有益的事情上去。只有到那时我们才走到了转折点，改变才会发生。只有到那时那些看似不可逆转的事才能恢复原状，如破坏力、混乱和不公正。简言之，直到那时我们这个混乱的世界才能恢复和谐。”

安娜沮丧地看着妈妈说：“但这只是不折不扣的乌托邦而已！”

“如果你不相信我们有这样的能量，那么，是的，这就是乌托邦！”缪果耸了耸肩说，“但这也足以让我们对着镜子反观自己，更确切地说，让自己完全相信，我们并不受身体的局限。我们并不清楚有很多事情我们是知道的，有很多事是对我们有利的，无论是来自外界还是我们内心的东西都是如此……不管怎样，我现在还不想说服你。我的任务是把这一切告诉你，并让你知道正有越来越多的人认识到这个事实。因为，这真的是我们最后的出路了。换句话说，现在的情况还不是完全不可救药，因为，这个最后的出路就摆在我们面前。我们是否选择它是另外一回事。这取决于我们，并且只取决于我们自己。”

这是最后的出路……最后的出路……最后的出路……那天安娜无论做什么事情，脑海里都不停地回荡着妈妈早上说的话。一开始，还只是妈妈原来的声音，然而，她的声音一点点地变了，那些话开始变得像恐怖电影宣传片里的台词一样——凶险恐怖、势不可当，仿佛是世界末日。此时这已经变成一个男性的声音了，这个声音无处不在，好像跟所有恐怖电影宣传片里的声音一模一样。然后这些话出现了一点细微变化，好像妈妈的声音又占了上风。而且，这些声音的振动频率也变了，在此之前安娜一直没察觉到；现在听起来更加平静，甚至令人鼓舞，还跳动着些许希望。到了下午五点钟的时候，安娜按照和妈妈的约定来到了她们楼后的院子里，她此时的心情不仅仅是愉快欣喜，她觉得非常幸福。她爱整个世界，也感觉整个世界都爱她。她的脚下似乎有个弹簧，是否要飞起来似乎完全取决于她自己。

缪果坐在一张破旧的长凳上等着安娜，这张长凳跟旁边那栋楼前的那张一样破烂不堪。安娜在她旁边坐了下来。刚刚落下的黄色树叶在地面上积了厚厚一层，已经覆盖了地上的垃圾，给人一种干净整洁的假象。而当那些“本地的”猫跑过来趴在她们脚下时，一种惬意的感觉在她们心里油然而生，好像她们正一起坐在温暖绚烂的秋日怀抱中。

“今天你是哪种动物？”妈妈说道，“实际上，我为什么要问你呢？我本该马上就猜出来的。”然后她指了指其中两只猫，它们把背部弯成了拱形，好像看见了一只狗一样，但并不是很害怕。缪果接着说：“你不是一只棕色小狗吧，就像法兰克福的那只一样？”

“啊，为什么是这个？今天是谁把我变成那只小狗了？”

这些猫开始在她们的膝盖上蹭来蹭去，咕噜咕噜叫，在各种喵喵的叫声中，安娜敢肯定其中夹杂着一种轻轻的低吠声。她竖起了耳朵仔细听着，妈妈给它使眼色让她向后看。在长凳的靠背上倚着一只棕色虎斑猫，它正要把爪子放到安娜的肩膀上。它确实这么做了，安娜的耳边又传来那个轻轻的低吠声，这真的很容易被误听成喵喵声，但很快又变成了一阵阵缓和的咕噜咕噜声。

安娜感觉到妈妈的小矮人投来了微笑的目光，他们正从他们最喜欢的地方，就是缪果的手提包里向外偷看呢。安娜向他们眨了眨眼，她自己的小矮人当然也待在他们最喜欢的地方。

安娜刚想去逗逗他们，这时阳光透过两栋楼之间的缝隙照到了她的脸上。

安娜幸福地闭上了眼睛，就像那天在法兰克福傍晚时那样，她觉得自己已经超越身体的界限，莫名地走出了它的外壳，整个人与午后的美妙世界融为了一体。几天之后，她又要踏上新的旅程了，她已经在期待飞机升起时的那种欣喜感觉了。然而，此时此刻，她突然间也有了这样的感觉。第一次，在地面上，甚至是在这座丑陋可鄙的城市里，她觉得一切都是可能的。对她来说自己仿佛在向那些树飞去，开始从一个树冠跳到另一个树冠上，在它们之间来回旋转，就像她夜里常常梦到的那样。在她的正后方一堆金色的树叶像瀑布一样飘向地面。而在那里的长凳上，她伸手去握住妈妈的手，就好像她把全世界都握在手中一样。

感谢上帝，她们现在已经到了那条绳索桥的另一边了！缪果想道。在那一边并不是只有她们。她看不见其他人，但她知道他们就在那里，她深深地感受到了这一点，还有很多人已经领悟到我们最后的魔力这个真相。他们都愿意携手共进，走向我们仅剩的最后的出路。